奎文萃珍

秦樓月

[清]吴綺 撰
[清]朱素臣 編

文物出版社

據中國國家圖書館藏清康熙文喜堂刻本影印原書版框高二十八釐米寬十七·八釐米

吳門朱素臣編

秦樓月

二分明月女子集附

文喜堂梓行

序

簫裁淚竹郎善離聲瑟製貞松偏工麗曲況乎珊瑚枕上既待子以三年翡翠屏中且思君兮千里崔嶶

南浦寫別淚於生綃蘇小西陵悵同心於綰帶則被之樂府用諧鸞鳳之音傳以教坊可叶鴛鴦之奏矣粤稽往代云有才人門內

烏衣由來第一囊中青鏤
更自無雙乍側帽於樓前
纔聞巧笑偶遺鞭於門外
即動輕嚬於是下蔡㛹娟
河陽窈窕將花並影弱處

生憐對雪呈姿淸中得艷有佳人兮在空谷宜名士之悅傾城折梔子之華同心可贈採蓮花之菂苦意難言黃鸝晨鳴欲飛焉而

且止紫騮遠去旣行矣而
安從少婦空歎於倚樓王
孫亦悲於破鏡似蠶絲而
不盡但有纏綿望烏角以
何期惟存宛轉鏤金箱篋

歐陽詹腸斷香鬟軟玉圍屏河東生心傷紅淚精誠不泯人在可今可古之間時會爲難事亦若有若無之際於是毫抽五色聊以

爲娛聲援九宮聞而可感
聽之將或歌而或泣作者
不言性而言情此則玉茗
文人奪烟花於南部金荃
才子擅月露於西崑者也

誰解記歌願留心於紅豆
吾爲倚節且動魄於朱絃
蓮棲居士吳綺題於紅鵝
館

題情 感天水生事戲爲代賦

江都吳綺薗次

步步嬌

記得年時初相遇人共蒲關杜清光荳蔻餘短簿祠邊猛現出陽臺一處瘦影爲秋扶恰便似花病芙蓉露

山坡羊

鬧穰穰高陽朋侶亂紛紛叢臺歌舞見脉脉掠鬓無言愛盈盈秋水頻回顧罷酒時妝殘月照初道三生

題情

有笑同樊素對榻長歎擁衾私語踟躕求凰調尚迂趦趄牽牛約未逋

五更轉

乍分離縈別慮繫垂楊白鼻騧玉兒家住櫻桃塢青得茗潔香溫此番重聚爲雲英已早把玄霜杵西樓密誓低低訴一時價玉鏡臺邊芳心自許

園林好

剛待把相思破除睡橫塘花深錦鳧豈料有封姨嫉妒猛忽地遇狂且猛忽地遇狂且

江兒水

但願諧鸞翼寧辭捋虎鬚向秦庭痛哭把連城取同心偷結西陵路藏春暗入東山墅幾夜巫山香雨儘意把五色江毫揭盡了瑩娘眉譜

玉交枝

海山長固証盟言梅花幾株隔牆竊聽防鸚鵡攙琴心願伴當壚正章臺柳色未曾疎武陵桃瓣原無誤又豈料愁魔未驅又豈料愁城轉紆

玉抱肚

蘭舟催渡送離愁片帆南浦笑痴情空想團圝把深恩難成辜負重經虎阜也有啼烏把手江關血淚枯

玉山頹

山長水阻是明月無端賺予問二分可在揚州怎三更不照東吳幾番別夢好青樓迢迢難赴又被江攔住燕將雛問堂前可認得舊家盧

三學士

傳來尺素煩鯉魚番教我費盡躊躕金環已失葳蕤鎖斷髮難將鬧掃梳心似蠶絲渾沒緒羨浮萍反自

如

解三酲

忘不了香鈎微步忘不了玉腕斜舒忘不了紅窻薄醉橫波注忘不了雪肌膚忘不了花前軟欵將離情數忘不了燈下橫陳將倦體鋪難忘處有羅衾翡翠繡枕珊瑚

川撥棹

寄恨愁無據剪羅衫做信符把題襟麗句親書把題襟麗句親書要愁思長圍粉軀倩賓鴻送遠途試腰

肢似舊無

嘉慶子

一謎思量把百事疎便廢寢忘餐不自圖向人前空自支吾向人前空自支吾怕聽浮言說子虛這相思病矣夫這相逢夢也乎

僥僥令

並頭花可愛比翼鳥相呼但願月下仙人能爲主免使我倚香肩誓願辜

尾聲

離情擬把歡情補爭奈七度空牀看玉鈴只望你早
駕青牛油壁車

辛亥冬仲讀藺次曲即書素樓月卷首

舊家詞客讓吳郎哀樂中年鬢易霜記取玉簫
來世約虎山〻下碧雞坊
碧瓊花終古艷江都重譜虹橋仕女圖十里隋堤芳
走馬不知陌上有羅敷

長州吳梅

此為明安所藏予以圖寄誠齋樂府散套小令兩冊宣德錦窠老人自刻本

易此以歸久假均未返趙互讓之契二人實默契于心矣戊辰春陶
君蘭泉景印罕見之曲選及此種予將斬二分明月集未與此曲
選須待予世明安並未責予之冒昧不先白之而亦未辨其是其所藏本
否也或以之宣德本易清初本為予實自損抑者但予於書中
緬圖獨有特嗜方以為受明安之惠且逾量焉病起整理舊
藏兼收新籍粗計所有已藏明清猶收康乾時刻曲本多至四百餘 以後未收
種樂此不疲亦未有艾喜談此事得藏非末于此且以解友人之惑
陰仰首有疑猜能不以對
感謝於予者乃以休矣

二十二年九月卅日滋河李慈王之承識

新編秦樓月目錄

卷上

卷下

秦樓月目錄終

七十五叟顧雲臣摹
未免有情

一個愁香病影人問天何故去雙親拾來石上幾梅片知是陳家絕代翬而今鈔合鴛鴦鏡東萊巳出徐生定紅顏紅到白頭時二分明月天涯近

後溪菊人題

旌德鮑承勋刻

花前小隊簇春雲紗帽宮袍總茜裙却怪科名皆偶
爾金釵亦自哭劉蕢
吳下悔菴題

六朝一片山青月華明却在月明多處見傾城　燈

爛熳杯瀲灧共含情暫借千人石上定三生

右調相見歡　伊人書于梅花樓

鮑天錫刻

花影移月影移裙帶風吹細語時傍人那得知　朝

相思暮相思南國春生紅豆枝一雙都是痴

右調長相思　　其年氏題

乾天錫鐫

烈性能存大義柔情化作剛腸天下鬚眉何在閨中今有睢陽

蜀眉山鈍老

帥
乾天錫鐫

澤國干戈沸亂笳驪珠手取出龍洼始知世上奇男子解護東風第一花

廣霞山人書于衣香閣上

旌邑鮑承勳刻

妾貞獨抱郎痴還絕似此情緣希有揚州夢醒又章臺是證果青青楊柳　珠回滄海玉歸玄圃打合新詞一首秦樓高處弄瓊簫問月色二分依舊

右調鵲橋仙　笠翁

秦樓月卷上　笠菴傳奇第十五種

吳門朱素臣編次
湖上李笠翁評閱

第一齣　情槩　末上

【玉樓春】拘儒日困愁城內，綱常快筆猶能記。最下由來不及情，艷思綺語經年廢。　紅鵝別傳郵筒寄，事堪崔氏春秋配。笑呼濁酒譜宮商，從今不賭劉伶誓。

【滿庭芳】呂子疎狂，陳姬韶麗，新詞憑弔真娘。中秋邂逅，宛轉逗情腸。堪嘆忠言逆耳，書齋鬧，密誓難忘。賺佳人岱山嘯聚罵賊女雎陽　烈性逢艱益著髮環遺贈苦節堪傷神京賺試病捷狀元郎劉岳奮身殺賊完趙璧重寄黃堂秦樓月再題艷句冠誥拜恩光

問答照常

第二齣　論心

生巾服上

【戀芳春】天水佳兒烏衣舊第少年天付才名儘自沉酣藝苑放浪書城繡虎雕龍皆偶爾笑人間袞袞公卿且權將青樽適興綠綺陶情

【減字木蘭花】塵飛滄海世事已驚人面改高士橋邊百尺樓頭好問天琴

慵酒懶歲歲煙雲閑過眼空谷無人搿對桃花臥一春小生呂貫字儀生萊陽人也先君官拜黃門直諫爭傳鳴鳳母氏榮封紫誥巖儀並著丸熊只因兵亂齊封遂爾家留吳郡小生少悲風木早擅江花得八斗於陳王兼收秋實誦五車於惠子無間冬餘正是忠孝承家門推第一兼之文章絕代士本無雙時人羨我才華爭欲委之伉儷只為小生心懷萬里必期虎榜先登因此笑乏三生尚未鴛盟共締不在話下目今中秋節近聞虎丘游人喧鬧意欲到彼閑行以

消積悶早間門上傳說袁武子赴任吳興要來相訪我與他向在京師曾爲八拜之交既蒙見約只索在家坐候則箇許秀那里（末）有（生）你與我分付廚人一面置酒袁老爺到門作速通報（末應介）（小生冠帶雜小軍喝上）

【夜行船】學富茂先三十乘遷雞樹特寄專城酒熟烏程花明罨畫喜名勝一時兼領下官袁皓字武子茂陵人也新授吳興太守爲訪呂儀生兒過此（雜）稟老爺呂相公家了（小生）快通稟（照常通稟相見介）（小生

兩翅烏紗收多少才人面目當世誠然袁公此數語亦不易得

金鬮昔共賞奇文。（生）此日相看總不羣。（小生）公子才華同李白。（生）先生風雅繼蘇君。請坐。（小生）有坐。（生）先生纔辭西掖，遂領名邦，將來政事文章，與王謝諸公並垂不朽矣。（小生）吾兄素負不羈，何亦作此故套寒溫之語。可知仕路崎嶇，世途逼窄，下官這番待罪呵，

【玉芙蓉】虛擔鹵莽名，大減豪華興，笑烏紗纔戴，俗吏俄稱。（生）先生以七步才，授二千石，得志行道，何俗之有。（小生）吾兄有所未知，當今功令首重催科，況吳興豪強輩出，馴治最難，將來日鑄刑書，斯有何樂，恐風

流故我從茲不可問矣盼不到琴樽湖上完公事但
只合鼓吹堦前聽肉聲（生）春日秋霜先生具有妙用
似弟輩寒窓株守雖有一籌奈無從自展何（小生）吾
兄雖則困守寒窓可也出沒的三春花鳥嘲弄的五
湖風月萬一神通游戲卽紅葉可傳玄霜可搗瀟瀟
灑灑何束何拘比我二千石便宜更多也君何幸溫
柔鄉任行不似下官呵坐公堂一顰一笑動輒有官
評（生）呀先生何出此言可知小弟平昔呵
前腔羞齊宋玉名最薄登徒行任揶揄衆口是道學

極知已友忽作

先生先生名士風流自是多情種子豈因束帶矜莊向弟作臨淵之羨若說官評二字呵（笑介）那曾見甕頭吏部官箴礙又何嘗見慣司空白簡登君何幸又名區管領不似小弟呵坐春風窮年矻矻自窮經（小生）嗳兄你說行薄登徒想只因好色二字起見殊不知登徒非好色者若逢尤物自足移人兄今日侈談禮義痛矢端方倘一旦佳人邂逅芥珀相投焉知百鍊剛不成繞指柔乎兄嗄

（朱奴兒）論只有吾輩鍾情也可說文人無行不信君

極不知已語然又是極知已語兩人才思衷曲於此已見一班離一折中對答錯亂而一部文字已槩之矣

家太忍心咬的這牙關偏定（生）小弟須眉如許豈爲冶艷移情萬無此事（小生）這箇下官也不能全信空談論誰無至誠只怕事到頭來不由人難執性（生）先生爲弟過慮小弟却又慮着先生哩（小生）爲何（生）先生風流自命惠政應多竊恐此去吳興但知抱子當門未便埋輪破柱長橋蛟南山虎孽生爲害奈何奈何

【前腔】大都伊情重法輕未必您春行秋令溫語兒童竹馬迎有多少姑息之政（小生）嗄兒料下官文人多

通本集句俱極自然無斧鑿痕

弱一味姑息從事〔生〕便是先生一生作用畢竟柔婉有餘剛毅不足〔小生〕這也難道〔生〕小弟也不敢全信書生見寧失不經怎全操生殺柄〔末〕稟相公酒筵已備請袁老爺上席〔小生〕下官怎便奉擾〔生〕正欲秉燭談心且請書房小坐

〔尾聲〕何須刻燭論分寸〔小生〕但鼓興還須仗麴生〔生〕先生羨殺你日日沉酣消得這一日醒

〔小生〕十年飄泊在京華　落日浮雲起怨嗟

〔生〕爲向東州故人道　應須美酒送生涯

讀此數語已知第一流薄命佳人

第三齣　淚弔

（小旦上）

青粉墻頭仙桂開箇人花下小徘徊莫驚平地姮娥見爲帶揚州月色來奴家名喚繡烟、乃陳素娘身邊的一箇侍兒便是、俺家姐姐、生長隋堤偶來吳苑膚能比雪恍如姑射仙人貌欲憐花絕勝開元妃子吟成團扇多情更自多才織就廻文善病還因善怨只因吹簫橋上揀不出可意兒郎故來響屧廊前且試覓有心年少只是他心躭幽靜不容蝶使閑窺所以致戶少逢迎止共鸚哥獨語目下中秋節近姐姐曉起促粧命攜尊酒瞞過媽媽欲往虎丘一行我仔細想來聞說有箇山東劉將軍僑寓山前品題花史一蒙前列聲價頓高只道姐姐此行必爲夤緣附驥不意他將切己之事置若罔聞反要到眞娘墓上題詩酹酒噯姐姐你空懷艷質黃金不買畫師浪擲閒情青塚徒招異代似此癡腸人間未有也旣蒙分付止索伺候則箇

（旦淡粧上）

【北端正好】業風搧愁雲砌經多少業風搧愁雲砌怯身軀又早吹墮泥犁則看俺支離病骨扶難起消得

一箇小青只認杜麗娘是癡情對偶一箇素素只認眞娘作風塵知已倆人如

這。潑湘江時湔洗、【小旦】姐姐、曉日未高、行人尚少、尊酒既備、便請移玉、【旦】名山在望。勝蹟堪尋。趁媽媽暫往鄰家。你便携了尊酒。并帶筆硯。隨我一行去。【小旦】姐姐請、【旦】呀、一路行來、又早虎丘漸近也、

【滾繡毬】奴不是愛鮮風。逐馬蹄。也不爲鬬新粧整鳳展。一任他最牽情種。花成市。也不管慣撩人賣酒張旗。奴則爲惹朝朝治艷愁。動年年搖落悲。怕桃李顏鏡中難駐。車馬客戸外終稀。打算着紅顏同調惟憐汝。除却了青塚知心更數誰。因此上獨弔名姬【小旦】

見其情

悲悲楚楚苦雨酸風盡從筆墨中淋漓而至如聽哀猿三峽使人不禁腸斷

姐姐上得山來這搭兒就是真娘墓了〔旦〕這就是真娘墓了呀你看青山寂寂黃土纍纍紅粉如花自昔情緣在否緣雲委地而今冤債塡無眞好可憐人也〔吶吶令〕俺則見花兒草兒荆荆榛榛的廢那里覓碑兒碣兒糢糢糊糊的記早已是歌兒舞兒深深沉沉的閑只落得狐兒兔兒縱縱橫橫的戲兀的不痛殺人也麼哥兀的不慘殺人也麼哥少甚麼風兒雨兒雜雜沓沓的至憑弔多時不覺淒然淚下繡烟你可將此尊酒墓前澆奠容奴哭拜一回〔小旦〕奠酒旦哭

如怨如慕如泣如訴悲從中來迷離一片

悲絕慘絕

拜介阿呀我那眞娘嗄你在生時節呵

【脫布衫】想着你簇香車細骨柔肌想着你溜金釵淺笑輕啼想着你逗靈犀月冷燈微想着你掃長蛾粉濃脂膩今日裏呵

【小梁州】長夜冥冥燐火吹半坏土漸不成堆奴若與你此方却有萬分不如你處你當年存沒有人知奴家呵塵埃棄誰把小名提只是還有一件既然你珊衾夜夜呼連理怎便一槪覷露水夫妻何不謝高名收急淚早得鴛鴦並化梓樹一雙棲也罷不免就此

淚弔一詞極盡凄凉情思回首鳥啼花落眞娘當於九原倍增浩嘆

頹垣之上題詞一首一爲奴家寄慨一爲眞娘解嘲

（題介）香紅歇青山一閑無年月無年月松枯栢老同心難結東君不管花如雪消磨鶯燕憑誰說憑誰說秋烟秋雨幾堆黃葉右調秦樓月寓虎丘維揚女子陳素素題

（快活三）您那裏芳魂逝俺這裏怨句題奴是你九原知己不須疑鑒取這傷心一點青山淚（老旦上）巫峽行雲得神女武陵流水賺仙郎老身錢氏偶往鄰家歸來不見素素孩兒一徑尋來聞在眞娘墓上只得

聲氣俱盡神魂頓失

勸他回去、（見介）果然在此、呀、我兒好不癡也、從來無事而戚、謂之不祥、他是死鬼、你是生人、相隔千載、甚麽要緊、在此啼啼哭哭、快些隨我回去、（旦）阿呀、娘嗄、你那里曉得孩兒的心事、

【朝天子】痛青蓮汚泥、嘆青春逝水、火輪中算不出抽身計、嗟嗟薄命、論心無地、只有這下泉人堪陪對、（老旦）你如此怨悵、意下待要怎麽、（旦）則待舞扇潛拋歌衣永棄、正不妨事、空王湔夙罪、（老旦）唗、好胡説、你小小年紀、一朶鮮花、不曾開綻哩、正要及時行樂、買笑

追歡與做娘的賺取大塊銀子却就想棄行改業跳出這門限兒去可不是做夢麽快些隨我回去省得我發起惱來不好意思[旦]罷罷只得別了眞娘回去則箇阿呀我那眞娘嗄[老旦]快些走罷了又把眼淚兒找上幾滴[旦]三杯酒醉訖一闋詞寫畢從此價寒食梨花歲歲長相憶

[老旦]黃昏哭向野田春[小旦]添得臨岐淚滿巾

[旦]最是不堪回首望[合]青山無處不愁人

第四齣 癡訪

[丑衣帽上]

吳小四慣呵脬稱老饕開門七件少喚我篾青何其
巧比咱蚯蚓尤其肖只有一節毛病愛喫這口黃湯
坐着地一丢糟小子陶吃子的便是老白相的班頭
刼脚跟箇都頭扛張嘴兩箇肩頭多使心一簇眉頭
串通極有名箇粉頭捉弄新出景箇酒頭賭博場常
做帶頭烟花寨慣是牽頭向來雅號六頭近日亦叫
八頭跟來後頭坐來横頭捉箇飛頭喫箇骨頭親近
箇鼻頭打諢箇丫頭家當做來腰頭招牌掛來口頭
箇班人嚼爛子舌頭也倒替區區出子名頭雖則是

乾、迸、手、頭、只、落、得、肥、膩、卩、頭、盡道我此物中箇甲頭、
再是騙銀子箇賊頭、閑話少說、近日山東劉將軍作
寓虎丘、品題花案、吳中名妓、搜錄無遺、我老陶借此
題目、各處女客人家、兜攬說合、頗不寂寞、聞得這幾
日元魁已經選定、花榜將次張掛、畢竟鼎甲取中那
箇、一榜共有幾人、免不得走到劉爺寓中、打聽打聽、
得了實信、好去報知各位姊妹、騙些酒食、有何不可、
快到山前去、正是日日與君花下醉、更嫌何處不風
流、

（下生上末隨上）

素素有意而弔，呂生無意而游，遂生出無數情痴姻緣，巧合眞

【懶畫眉】酒幔青青悵河橋。不盡相思寄柳條。小生爲餞袁武子之任、舟過虎丘、秋色撩人、試一登臨、則箇則見些丹青樓閣、出重霄。（末）中秋漸屆、遊人這等熱鬧哩、（生）喧闐車馬、殊玷名山、我們還向游人稀少去處暫憩片時、（末）這等就在山下眞娘墓前、閒步一回何如、（生）如此甚好、（行介）嗄、這就是眞娘墓了、嗳、眞娘眞娘、你艷著當年、香留異代、凄凄宿草、空迷夜月之魂、冉冉飛花、若賭春風之面、煞是風流動人也、芳名。不共埋芳草。想像你嘆息猶聞風雨宵。且住、那邊頹

娘孰謂非月老耶

垣之上甚人留題在此待我上前看來〔念前詞介〕呀凄凄楚楚沁入心脾不信天壤之間有此多才女子妙嗄看他

〔梧桐犯五更〕文心處女嬌字格夫人俏抵多少山鬼吟成四壁閒啼嘯〔又念介〕觀其詞意大都少年名妓所作命意最苦措句偏工原來青樓紅粉之中竟埋没恁般人物使我呂貫見此不禁黯然魂銷也誰曾慣香車油壁迎蘇小却從這濯錦花牋認薛濤且住墨跡未乾畢竟去還不遠許秀你與我山前山後細

細踪跡、這陳家素素、住居何處、訪問的實、速速報我知道、仙人或愛樓居好試問何地垂楊可容我青驄頻到。【末】相公這又奇了、壁上留題、何處沒有、既係青樓女子、着我訪問怎的。相公嗄、

【浣溪沙】你品行高才華奧慣居恒侈談名教、今日呵、便做道寒山片石堪與語畢竟是巫峽孤雲不可邀

【生】須眉男子、豈爲兒女動心、我實愛其才情、願求一見、你不要管我、快與我用心踪跡去、【末】如此小人就去、咦、眞好奇怪、漁郎棹忽漫想隨流水迴迷津這怪

事令人絕倒〔下生〕許秀此去還能追訪的實否倘不可得小生只索將此詞捧之咏之小名呼之喚之旦晚從倚於此此坐臥對之

〔劉潑帽〕古碑寢臥非癡拗莽情絲入骨難挑只是一件他雖有才情未知顏色何如啐我又差了從來二者難以兼全我今日原從憐才起見妍媸何必具論只此是詩壇酒社真同調〔末上〕人面遙倩不到三青鳥啓相公知道這女子想已去遠杳無蹤跡小人山前山後俱已問過並沒有人識他姓名知他住處〔生〕

如此說來素素素素你怎生發付小生也

【秋夜月】心轉焦道撇下眞難道我十年淚把相如誚今朝花債應花報這相思欠找這孽緣怎了（丑上）

【東甌令】青雀舫赤欄橋逐隊游人穿樹杪劉老爺有事公出且在山前候着呀眞娘墓前站着的好似呂相公模樣一向文房交易頗頗相識上前相見去（見介）果然是呂相公（生）原來是陶兄（丑）請問尊相逢場對景何不到山上走走在此荒塚之間癡癡的盼着誰哩山家處處燒茶竈爭忍詩腸燥（生）陶兄你來得

奏巧、正要動問此間有一箇名妓、未識住居何處、〔丑〕尊相這一問、就似搔着我的癢筋哩、你看城內城外、高高下下、那一箇姊妹不與區區相熟、若說咫尺虎丘、就是猫兒狗兒都也喚得出他的名兒哩、可因漁父見波濤。遂達鳳凰巢。尊相且說要問那一箇、〔生〕叫做陳素素、〔丑呆介〕是那里出身、〔生〕維揚、〔丑〕阿呀壞了、出醜出醜、城內城外、高高下下、那一箇不熟、只有這、陳素素、一箇不熟、莫非不是青樓麼、〔生〕怎麼不是陶兄久仰大名、還是與我記着姓名、細細查訪查訪、

無意中點出花柳一事呂生賀中毫無成心方見下文的是情癡非是在妄一筆

【金蓮子】繫心牢。好聽取秦樓何處簫。（丑）這等尊相休忙、恰好有一機會在此、也不消小子查訪、適有山東劉將軍、選定名姬花案、聞得只在旦晚、要在虎丘鼓樂送迎、一如曲江春宴故事、果係上等青樓、必然與選在內、到了是日、尊相竟到此間、把綵旗上標寫姓名、一一詳認、自知下落了、（生）原來如此、多蒙指教、足感足感、（丑）好說、劉爺將次歸寓、小子暫退、俟有確期、另當馳報、（生）多謝、【合】機緣巧。餓眼兒儘瞧。從此花魁繡柳。鄭。重。識。丰。標。（丑別下）（生）喜得陶兄指引、似有機

會可圖我且耐心回寓另日竟來詳認便了

【尾聲】無端失足風流窖陳素素嗄陳素素嗄我把你不供養奇孽定不饒怕似此情癡也還吾輩少

（生）青山疊疊樹蒼蒼（末）天上人間路渺茫

（生）十二碧峰何處所（末）久留金勒為迴腸

第五齣 品花

（外便服雜院子隨上）

【七娘子】血濺征袍經百戰髀肉生寶劍高懸對酒當歌逢場作戲看神龍首尾能千變十年血汗事功名弦劈驚聞霹靂聲一自東山沉醉後先生絕口不談

兵自家劉岳表字令公本貫山東安丘縣人氏少年投筆累官鎮國將軍指顧靖塞外之烽散金養士笑談飲馬上之血撫劒酬君只因久厭功名故爾早捐簪組尋山問水心空甲帳霜花課燕調鶯夢斷午橋春草日來舟過吳門暫寓虎丘僧舍興之所及偶爾選閱名姬品題高下那鼎甲三名考校已定學士一十八人位置亦妥今日在寓不免親將花榜塡成示期迎送借梨園一宵服色具漢官千古威儀他日艷異成編也好續紀勝事叫院子取筆硯過來我就此

填寫則簡、

錦纏道挾飛仙。忝遨游。神州九煙。分掌女彝權。蒞珠宮一行行花榜親填。狀元薛又濤榜眼沈倩月探花李桂英、鼎甲三名、既已取定、以下就把十八學士次第填去便了、妙嗄、則只佔。鰲。頭。低。低。翠。鬟。步。瀛。洲。怯。怯。金。蓮。桃。李。屬。春。官。風。流。殺。曲。江。游。讌。只是一件、可笑我劉岳當年上馬殺賊。下馬草露布。何等氣概。今日却從這兒女場中尋聲逐色可不令人絕倒也文心隨境遷。英。雄。譜。與。美。人。書。合。選。昔人有云、上可陪玉皇大帝下、可陪畢田乞兒、我劉岳呵、端的可上陪玉帝下畢田（丑上）面似何郎全傅粉、心如韓壽愛偷香、劉老爺在寓麽、小子陶一鳳在此、（外）陶兄你來得正好、吳姬品題既定、花榜恰巳塡成、正要與陶兄商議、如何迎送、如何宴會、纔可爲衆多美人生色、（丑）這箇在下預先打算在此了、劉爺一面將花榜懸掛、一面傳與衆名姬知道、定期本月十三日、從半塘寺內取齊、一照曲江舊例、各各盛粧艶服、寶馬雕鞍、繡傘綵旗、鼓樂儀從、一路迎至虎丘、就於悟石軒中、擺設

筵宴、大家傳盃弄盞、達旦方休、劉爺、這豈不是一樁千古勝事麼、

（普天樂）漢官儀、梨園串。鳳凰毛、麒麟楦。一樣的逐馬蹄、十里看花。燒龍尾、三杯賜宴。（外）陶兄之言、深合鄙意、阮子、可將此榜懸掛山前、陶兄、你就去傳與衆名姬知道便了、（丑）這箇當得、臚聲疾傳。銷魂殺區區提調官員。（老旦小旦淨副淨醜妓上）張翊花經情面少、孫山莚榜姓名虛、我等都是吳中名妓、只為花榜見遺、要求一體收錄、劉爺正在寓中、不免徑進相懇、（進

介劉爺萬福、（外）列位姊妹何來、（丑）逐箇指介你是許老二、你是謝小蓮、你是史阿胖、你是黑牡丹、呀奇怪、今、日、不、在、這、邊、施、食。爲、何、到、了、一、班、鬼、怪。（副淨）你是陶吃子、好輕薄我們呀、（淨）若、不、是、施、食。怎、麼、你、這、餓、鬼、先、在、這、里、守、候、了。（外）大家不要取笑、列位且說何事到此、（老旦）劉爺在上、我等姊妹們、都是吳中名妓、聲價頗高、（副淨）那一箇孤老不與我相知、（小旦）今見劉爺花橣高張、獨遺却我等姊妹、（淨）如今這些孤老、一定都要打脫了、（合）爲此哀懇劉爺、略通情面、必得

一體收録、足感洪恩、

古輪臺望垂憐向善和坊裏取端端。墨池雪嶺登臨便【外】呀這是那里說起、只我無私月旦那得頭腦冬烘浪肆雌黃一片【衆】我等此來原不敢素手相求的、大家都帶有隨身禮物、【丑】隨身禮物可是那話兒【老旦】我是金釵一股湖紬十疋、【小旦】我是珠花二朶綵緞四端、【淨】我是一付膝褲帶兩箇烟荷包【丑】爲甚這等輕、【淨】輕便輕倒做得表記的呢這叫做禮輕人意重、【副淨】我是一隻唐蹄十箇白鴨蛋【丑】越發輕了、【副

游戲文章甲科我倆

〔淨〕劉爺一箇人喫得多少敢是你又要吹木屑嗄像我肥的一些不喫就是精的喫了一兩塊也就惡心了掩口作惡心醜態介〔合〕今日我等送與劉爺報以南金禮云玉帛至公堂上小黃緣〔丑〕嗄劉爺原來各位姊妹都有禮物相送就收了他的添上幾名也罷〔外〕豈有此理那眞座師或者可容情面我假試官斷斷難通賄賂的〔衆〕既劉爺不通賄賂好歹爲我們添上幾名劉爺他日光降姊妹們以身奉報〔副淨〕要打白釘儘着打就是〔合〕爲雲爲雨任襄王朝暮流連也

省卻絲鞭佯墜紅綃暗解錦縟私纏〔外〕這一發胡說了、列位姐姐請便不及奉陪了、〔丑〕劉爺着惱了、快些走你娘的路罷、〔外〕關節敢輕言我雙白眼怎與爭光魑魅作周旋〔外丑下〕〔小旦〕劉爺不倸我們、竟自進去了、〔副淨〕這關節通不成了、〔淨〕被他奚落也儘勾了、〔老旦〕這莫怪劉爺、原是衆姊妹自已來的、不是論我們呵、

〔前腔〕無顏那些箇胡帝胡天也妄想一度春風追陪上苑今日箇得失相形不禁臨淵爭羨〔小旦〕榜上無

五百同年如是

名也罷只是一件怕冷落門庭凋零車馬從茲聲價日相懸（副淨）這不難我們回去撰下幾張無頭榜帖各處傳布只說劉爺私通賄賂考校不公大家一場掃興可不是好明珠薏苡又何妨四布流言（淨）劉爺品望最高這箇誰人肯信依我主意還是去尋着劉爺一位相知央來講箇分上將我們薦舉薦舉只說我們宏詞博學山林隱逸公言鼎薦（衆）薦舉最好又怕薦舉不上反自惹人恥笑（副淨）這一發不妨總便薦舉不上呵片刻已名填堪誇炫稱呼一樣是同年

如是

（衆）姐姐說得有理、我們快快趕回家中、各尋門路便了、（合）

（尾聲）出身自不嫌微賤。好把過海神通各顯。也免却點額空歸長流口角涎。

第六齣　訝遺

（生上）秋江煙景晚蒼蒼。雲雨巫山枉斷腸。二十、四、橋、明、月、夜。不知、何處、訪仙鄉。小生爲讀新詞、心懷艷女、這陳素素三字、名姓空呼、居址莫問、依着陶兄指教、今日八月十三、還到虎丘山前、看迎花楼、少停逐一挨問、我意中人、須有下落、一路行來、你看畫船簫鼓。紫陌輪蹄。夾道笙歌。沿堤錦繡。是好一番勝會也呵。

【北新水令】覷着這千秋名勝虎丘山。又添上楚陽臺一宗公案。少甚麼豪華開錦障。旖旎試雕鞍。（內吹打介）聽遠遠鼓樂之聲、想便是迎送衆姬來了、不免擠上前去、躍躍開顏。則笑俺綠衣郎反把紅裙爭看。（下）

（小生淨副淨末扮遊人擠上）走嗄、走嗄、

【南步步嬌】昨夜東皇頒花案。新樣把昭儀扮。排頭兒一會看。（內吹打介）來了、來了、大家擠上前去、（內作喝

絕妙好辭

此番落第方有後文作用若竟

道贊嘆介〔衆〕元來迎到的、先是瀛洲學士一十八人、你看皓齒明眸、一箇強似一箇、端的好一班出色女子、咦、還怕他蓮瓣輕盈步的這瀛洲不慣、噲列位、以下的尚且如此、正不知鼎甲三人還是如何標致哩、大家迎上前去、逐一看來、玉筍占巍班遙望着珊珊環珮來何晚〔下〕〔生上〕呀、你看綵旗上面姓名標寫分明、那十八人中、並無素素在內、好不奇怪、

〔北折桂令〕怪相逢柳瑣花繁、似這等眉目分明直恁姓字刁難、你看這些姊妹、一箇箇呵、微暈紅潮低垂

以素素占了狀元毫無意味矣

翠袖輕嚲雲鬟噯雖則您逞嬌容有幾分上眼却與俺謊相思沒半點相關呀我呂貫可不差矣想我素素如此才華自當花魁獨占這十八學士之中决然不好屈他我好歹還在山前等候片刻那頭名狀元一定是他無疑了獨立人間迥出塵凡不是伊敢壓羣英也須知第二難安（內鼓樂雜執綵旗傘迎老旦小旦丑女衫紗帽上）（生一面逐名指認介）狀元薛又濤榜眼沈倩月探花李桂英（衆唱）

【南江兒水】綽約籠紗帽。娉婷掛紫襴。馬前撐出重簷傘想天女應將天花散蟾宮或有霓裳按認殺登科非贗不信呵金道香樓有山海樣游人贊嘆（下）（生）呀好奇怪我只道鼎甲三人陳姬必然在內不想逐名詳認竟無素素姓名噯罷了罷了

【北雁兒得勝】俺只道御姮娥出廣寒還則待駕天孫來銀漢剛把您小名兒顛倒呼還索俺餓眼兒端詳盼呀誰道您藍楊落孫山依舊俺桃源問渡艱素素素素從此後香唾何由拾從此後仙蹤不可攀嗄我曉得這都是總裁的沒有見識以致如此眞才反遭

駁放也罷他寓所既在咫尺我就趕將進去向他面折一番聊出這口不平之氣嗳劉公劉公闌珊多分你日五色空迷眼不然呵爲甚間關也教他嘆鮎魚上竹竿說話之間已是劉公寓所有人麽〔外〕雜隨上是那箇

南僥僥令澗疑龍躍起亭有雀飛還〔生〕劉老先生小生呂胃在此求見〔外〕原來就是呂兄學生久仰大名忽過剡舟不知有何見教〔生〕小生此來非爲别事只爲吳姬花栁要與先生面折一番老先生你既任總

裁、自該略存公道、今日去取未當、我却心中大抱不
平哩、【外】呀、又來、那見我公道不存去取未當、則我明
目達聰從來慣。偏不信倒繃着孩兒是這番。【生】
【北收江南】呀、還說是達聰明目呵信得過沒包彈。早。
有人含啼抱璞向荊山。【外】住了、依呂兄說來似有眞
才遺漏了、索性見教明白、委是何人、【生】此間有箇陳
素素、先生豈不聞之、他獨擅奇才、足魁衆美、【外】陳素
素、學生遍選名姬、獨不聞有此女名字、既與呂兄相
識、必然所見非虛了、【生】嗳小生幾曾與他相識來。可

知道桃花人面一回慳（外）呂兄既未識面何以知其
足魁衆美（生）出詞介不敢欺小生抄得他新詞一闋
在此乃憑弔眞娘之作先生請看兀自作熒熒淚斑
作熒熒淚斑老先生似這等眞才駁放你可心安（外）
讀詞介呀妙哉詞也
南園林好一字字風淒雨酸一心心歌餘舞闌似此
才情呵須不愧沉香染翰只可惜他未曾投見這狀
元反被他人奪去却也怪我不得自裹足向長安致
桃李盡無顏（生）嗳說那里話來俊乂旁求這是先生

往耶癡耶不平耶孟浪耶

責任、那有眞正佳人肯輕身投見之理

【北沽酒太平】那鬱輪袍衆所彈、鬱輪袍衆所彈、自試表也、有人干他聞達、無求更所難、老先生、你權操月旦、竟失人在十畝之間、（外）是呂兄說的不差、這箇學生知罪了、（生）老先生、你果然知罪了、（大笑介）如此說、狀元旗早應收捲、泥金帖快教裂綻、瓊林宴也須罷散、只是辜負了小生來意、俺呵、一會里凄然惆然、到底是音容杳然、呀、單落得證實了主司罪案、（別下）（外）噯、一時失人、被呂生這般奚落、據他詞下款識、畢竟

劉公竟肯服氣畢竟還是好主司今世則以呂生爲訕謗矣

懲惡一齣直是

這陳姬住居不遠我如今即便着人四下找尋少不得逐家挨戶也要訪問出來那時邀他過寓另有作用爲他賠話亦可將他還話亦可有理有理

【南尾聲】將功折罪吾何憚終久交還你巫雲一瓣打點着滿月明中殿勤共把盞

玉人何處教吹簫　雲冷巫山夢正遙

看取月明三五夜　管教烏鵲爲塡橋

第七齣　懲惡

【副淨道士上】

古廟廊空檜影齊卞山神醉日平西朝來忽報龍圖

一篇循吏傳覽沈瑀董宣去人未遠

過怪道連宵萬鬼啼自家乃湖州府城隍廟一箇廟祝的便是俺這里古稱難治近復多奸自連年獄起同文致各處門開告密山魈晝舞大戶盡以寒心沙蜮横飛小民難於安枕天幸到了一位袁太爺他愛民如子每聞割俸償逋待士加親屢見焚膏課蓺至誠禱雨黃龍洞立降甘霖妙算安渠碧浪湖潛消害氣行春陌上眞箇杜牧重生聽訟湖中不減子瞻再世因他品格風流文章風雅更兼不畏豪强每多風力一時百姓都順口兒稱他爲三風太守這也不在

話下、今日忽地挂牌、要到俺這廟中來賞善罰惡、你看廟門洞啓、萬衆齊集、遠遠喝道之聲、想是太爺到也、只得上前迎候則箇、（小生冠帶末吏小旦門子旦生皂箱傘夫內鳴鑼作一路行介）（小生唱）

點絳唇白面威權、黄堂風憲、吾何願、則待揭地掀天立一則循良傳（作到介）（副淨）城隍廟住持迎接太老爺、（小旦）起過一邊、（副淨應下）（小生）看公坐過來、（坐介）

禪房燈火夜題詩、肘後銀章知不知、韓愈天南除鱷害、歐陽渭北撤樊祠、下官湖州太守袁皓、字武子、自與呂兄分手、匆匆赴任、實心任事。恩威不聘乎意中。矢志救民。生死一置之度外。且喜期月未滿。早已千里改觀。解鳳橋之帶袖滿淸風。排碧浪之沙心澄秋水。連日告假微行。廉訪屬下州邑、那閭閻之中、節孝固有可風、豪強正亦不少、今日就在這郡廟之中、親行賞善罰惡、一者神明對越、二者耳目昭彰、示一警百、未爲不可、叫該吏與我傳諭各差、叫他速將單開密拏棍犯、一一帶齊伺候、再仰該縣即發名帖、將孝子節婦、敦請到來、先行給賞者、末應向內傳介內嚷

二風節繇和盤托出矣

介 小生 爲何這等喧鬧、末 是衆百姓們聞知老爺今日親臨郡廟、懲治豪惡、萬衆歡呼、翹首觀望哩、小生 衆百姓聽着、本府呵、

北混江龍 單車視篆、將這菰城塊土、荷雙肩、並不敢功名愛惜、又何嘗情面周旋、鎮日價琴隺陪堂千歲氷凝來案上、簿書供枕三尺雪擁自堦前、護蘭蕙親芟荆棘、馴鳥雀、痛逐鷹鸇、這也是書生素志、可不道司牧宜然、可奈這湖郡地方呵、地偏俗侈法弛民頑、聽聲聲鴞鳴屋角、見處處莠長秋田、本府連日微行、

盡巳廉訪得實、今日就此郡廟之中、親行賞罰、教化維持何啻逍人木鐸風俗振刷豈但郡守蒲鞭打點着山童酒勸村嫗花簪奼魂夜泣妖血晨濺本府呵、將這照天燭點起在水晶燈還索霹靂手擎着這驅蚊扇、衆百姓可知本府今日這番作用、幾曾分毫爲着自巳來、總只爲朝廷扶持些赤子與伊每顯出箇蒼天（內響應介）（小生）該吏傳諭、速請孝子李九兒上堂、（傳介）（丑扮樵子上）李九兒叩頭、（小生）請起、你就是長興縣中孝子李九兒麽、你天性可嘉、本府昨巳廉知大略、今日趁衆百姓在此、你試把行孝事實、自巳表白一番、留做後人儀表、却不是好、（丑）阿呀、老爺、小人也不是甚麼孝子、從來也不曉得甚麼孝道、只爲區區此身、原是爺生娘養的、我十三歲上、爺死了、娘是應該小人養的、我養娘的心。其實有點的。若說行孝事實。一些也表白不出呢。（小生）好、止此數言。就是眞正的孝子了。也罷、你就把養娘大概、一一說與衆百姓聽者、（丑）阿呀、老爺、我李九兒呵、

【南桂枝香】家微身賤。躬行實踐。只爲寡母在堂、無計

養膳、苦了兩箇肩頭、挑賣柴炭爲活、擔柴去市上謀生換錢歸堂前營膳雖是銅錢銀子難賺從來不曾教娘喫一頓白飯肥甘上供肥甘上供每是喫飯頭上要博娘笑臉一定唱隻山歌曲子他聽、銀絞絲山坡羊、打棗竿、邊關調、都會唱的、老爺我就唱隻你聽聽、（隨意唱哼調介）（小生）不消唱了再說來、（丑）倘然有一日娘心上不像意、不生快活、我就跪在地上、接連磕上幾十箇响頭、直等娘氣嘆了、笑一笑兒、方纔敢起來、不是我男兒膝軟要博他笑顏一展曾記得我娘五十四歲這年、算命的說、瘖九之年、只怕難過、不想果應其言、害起一場大病來、九死一生、無門可告、只得對了北斗、徹夜拜禱、感得斗母托夢、說汝母篤疾、只有人肝可療、你道這味藥、就有了銀錢、那里去買、我心上想一想、一母不能相救。人家要養兒女做甚。走到廚房中、拏把尖刀、磨得風快、對了脇肋上一劃、一葉肝迸了出來了、（小生）剜肝怎得復活、（丑）虧了佛爺爺保佑、也不覺痛、也不血出、連忙割下一塊、一面將瘡口縫好、一面煮作羹湯、好奇怪、我娘纔經入口便覺好了一半不消幾日虎一般健了有此一節這些人輕嘴薄舌都叫我做甚麼孝子今日老爺也說我是孝子阿呀老爺孝子是落色這兩箇字再不敢領的呢樂餘年小人有母尋常事更有何奇以孝傳（小生）呀妙哉妙哉

【北油葫蘆】少甚麼博帶峩冠希聖賢也說道孝爲百行先反把那絕裾乏膳醜名傳到不如蚩蚩野豎田間賤却番如羊羔烏鳥天生善分付該吏與他插花挂紅本府遞酒三杯（飲介）（小生）還備有俸銀十兩與

你做本錢養母親去、【丑】做本錢不消許多、小人這條扁擔、有得養娘了、既承老爺賞賜、拏將回去、替我娘豎壽材、做老衣、他日天年之後、在九泉之下、也沾着老爺恩典哩、【小生】一發難得、俺不過采民風在一隅、他則待記私恩到九原、衆百姓每誰無父母、大家都要學取好樣、但把蓼莪詩歸去重讀遍、生怕您掩泣不終篇、分付備鼓樂送回家去、【丑】多謝老爺、吹打送丑下【小生】該吏傳諭、再請節婦甄氏上堂、【傳介】老旦上甄氏叩頭、【小生】請起、你就是潯溪甄二娘麽、你一

生苦節本府亦已廉訪得實今日也須自已表白一番與衆百姓每大家共聽者（老旦）妾生不辰十五出嫁良人遂攖弱症半載而亡老婦人呵

南不是路委棄花鈿十五盈盈自可憐爲有遺孤在抱存一綫反經未敢殉黃泉奈有伯氏垂涎用強逼嫁我此心堅歷年掩鏡朱顔換五夜鳴機把黃口延

（小生）如今且喜教子有成了（老旦）宮墻玷（小生）如此苦節可敬可敬（老旦）阿呀老爺一鞍一馬這是古今通義非寏見何煩交羨何煩交羨（小生）

北天下樂 少甚麼恩愛夫妻霜露捐。淒然一坏土未乾。早已是刷鬢描眉上别船。可惜你貧賤之家、此時尚乏旌表、若出自、縉紳、勢要、節婦、牌坊、久已、高高、造下了。本府爲你連夜具稟、申詳題請、打點着煥宸章苦節題。建高坊香字鐫。分付該吏給賞花紅、本府也捐俸銀十兩、爲爾子膏火之資、領去、老旦 無端受賜、義不敢當、老爺分付爲我兒膏火之費、老婦人只得領去、他日倘得寸進、就是老爺造就一般了、小生 衆百姓每、誰無妻女、大家都要互相傳說、學取好樣、也索把柏舟詩吟一轉分付鼓樂送回家去、吹打送老旦下小生叫原差、將密拏各棍、一齊帶進、傳介帶淨丑外報門進介小生聽點、富伯仁、孟山君、沙中蜮、各應介小生好一班光棍、你罪惡多端、本府已經訪實、今日萬衆齊集、也須把自已惡款、自已供吐一番、若有半字掩飾、看夾棍伺候、衆阿呀、老爺是箇活城隍、小的每怎敢半字掩飾、小的每都是湖州積棍、一向把持官府、欺壓善良、佔人妻女、詐人財物、小則破家蕩產、大則了人性命、這數年以來、小的每通盤打算、

一共詐過贓銀一萬九千七百餘兩、抄過五十七家、害過一十三命、若論這些零星過犯、也通陳這許多不得、老爺嗔、真箇是

【南長拍】不盡爰書、不盡爰書、無窮罪案、自也難把自家恕免。（小生）如此橫行、豈無王法、怎麼還留得你每到今日、（衆）噯、那有甚麼王法、飛蟲百足、狡兎三窟、雷雨過依舊鼾眠。（小生）今日本府面前、也敢說沒有王法麼、（衆）這箇再不敢了、就縛復何言、當不起犀燃牛渚、水族畢現。（小生）這等說、你每還想求生麼、（衆）求生

快心快語却能以快筆出之

怎麽不想只是老爺在上、一覷威嚴先破膽幾曾見森羅殿復生還若得網開一面也情願泥樓而處入壁而言小生你這一班光棍作惡已久也有今日麽

北那吒令比豺狠更殘後先兒比肩比饕餮更饞齒牙兒血濺比鬼蜮更奸神通兒變遷叫皂隸與我扯下選大大毛板各打一百各役打稟打完介小生仰該縣用一百觔大枷枷號示衆聽取這四野歡聲雜杖聲消却了千家夙怨兼新怨衆百姓每不是本府狠心辣手總待把善類安全還有一事昨日蠹棍陶

巖、輙敢央求親識、餽我明珠一對、白金三千兩、要求
免死、尤爲可惡、叫原差、速把陶巖蠹棍帶上來、〔報門〕
帶副淨上介〔小生〕你這蠹棍、出入衙門、樹挿黨羽、通
窩放線、害命謀財、那些惡款昭彰、誰箇不曉、本府訪
明已久、也不必你自家供吐了、只說今日到此、該死
也不該死、〔副淨〕是小的該死、爺爺嗄、
〔南短拍〕你**皎皎冰心。皎皎冰心。森森鐵面。**就處死小
的呵、也只是**當蟻子指尖一撳**〔小生〕嗄、你也曉得該
死麼、叫皂隸先打一百、〔副淨〕阿呀爺爺、慢打、小的昨

文字快心威風剖面三尺躍瑜中凜凜有生氣

日巳有下情稟上、求恩天爺爺暫饒一命、非敢敗公廉知明日公衙乏膳、望留下我一縷殘喘、願朝朝長生寶位爇爐烟（小生怒介）哇、這狗才好胡說、你的下情就是明珠一對、白金三千兩了、嗄、你這狗才虎噬有年、免脫多次、今日到下官案前、也道可以賄買麼、

北寄生草　攺判三千鈔、通神十萬錢（副淨）阿呀、青天爺爺方便（小生）可知俺青天不善行方便（副淨）阿呀爺爺、小的家里、還有八十歲父親、兩三歲的孩兒、一命相關、數命求爺爺可憐嗄（小生）可又來、今日你自

家也把妻孥戀當日里他家啼哭何不念衆百姓每、也道他該死也不該死、（内衆）是死有餘辜、（小生）國人、皆、曰、可、殺、然、後、殺、之。叫皂隸扯出頭門去、不必記數、與我一造板子、止要死的、不要活的、（衆應扯副淨入内打介）（小生）教伊速死最爲榮這便是下官初看錢神面（内打衆稱快介）（雜上）稟老爺氣絕了、（小生）將尸首拋向千人坑去、還有岱山二棍胥大奸、王慶、怎麼該縣不見解到、（末）典吏稟上老爺、那胥大奸、王慶、早上縣官回文、說二棍懼法脫逃、現在緝獲、（小生）造化

了那厮又得多活幾天了再行文該縣多行廣捕嚴加搜緝務在必獲一劍正法者（末應介）（小生）

【北煞尾】聊酬聖代恩大慰蒼生願前日呂儀生兄曾說下官文人多弱自有姑息之政寄語呂兄今日箇。轟雷掣電可也還說文人多手軟分付左右打導回府（衆應介）（副淨急上）住持送老爺（小生）不消了（副淨下）（衆擁小生行介）（小生）（小生唱）一家哭雖然可憐一路哭從今幸免恢復了皞皞熙熙十萬壥（內作萬衆歡呼介）好老爺嗄好老爺嗄（小生）動歡呼震天惹香烟撲

面眾百姓每試道俺匝月黃堂膽量兒淺不淺

第八齣　邂逅

（外上雜院子隨上）

【虞美人前】一番場屋無顏色。又把滄海遺珠覓。我劉岳選閱名姬、失塡花榜、被呂生一番搶白、引咎無地、昨日差人四處找尋、務求素素一見、僥倖於便山橋南物色而得、那生屬意已久、寤寐是求、今日中秋令節、又值虎丘勝地、我劉岳於有意無意之間、爲他代作黃衫、成全佳事、亦何不可、適已着人相約、且待素素到時、藏之密室、一面與呂生暢飲、狂吟任情洒落、

俟其半信半疑之際、然後慢慢說明便了、【雜】稟老爺、陳素娘到了、【外】快請進來、【雜傳介】【旦】懶妝小旦隨上

【虞美人後】脂憔粉悴懶身擡。却被啼鶯喚過画橋來。【見介】老爺萬福、【外】陳姬少禮、呀陳姬、你翰墨旣工、姿容更麗、名花甲榜、自宜獨占羣芳、可惜珠玉自遺、以致元魁失選、今日乍見、益令我愧悔無地矣、【旦】烟花陋質、葑菲微姿、青眼忽加、足勝甄收百倍、但賤妾素攖弱症、體不勝衣、不能伏侍、老爺尚祈寬宥、【外笑介】噯、我、何嘗要你伏侍來、今日邀你過寓呵、

【解三醒】只爲氤氳簿偶然添載風流陣。率爾安排。【旦】老爺却爲誰來、【外】有一位吳趨呂相公臨風玉樹人瀟灑。新學得買痴獃。他爲了你呵、小名狂向虛空喚。微淚偷從魆地揩。【旦】賤妾初過吳門、與那生、並未相識、忽蒙注念、何所聞見而來、【外出詞介】這弔眞娘小令、可就是佳製麼、【旦】委係拙作、【外】可又來、那呂相公偶睹新詞、長懷麗質、急欲一見、以慰調饑、以此在下呵、輕擔戴催來巫嶺。携上陽臺。【旦】呀、元來如此、

【前腔】叫眞眞果蒙錯愛。迎小小遂許高擡。這都是賤

口便云有累那生多情女子可知互相憐愛矣

妾不是有累那生了小詞疥壁親裁害分明相思案挂了催牌【外】佳人才子允宜作合但前日品花被他奚落不小今日也教伏俺一口氣兒陳姬你可暗藏密室少頃吕相公到時待我藏頭露尾灑樂一番然後引見便了【旦】多謝老爺擡舉只恐紅顏命薄漂沉苦海撈難起圍困愁城攻不開【雜】啓老爺吕相公請到了【外】這等陳姬權且進去【旦】曉得承拖帶且藏羞臉慢說幽懷【下】【外】分付快請吕相公相見【雜】傳介【生】【上】芳草空餘埋劒處垂楊猶聽踏歌聲【揖見坐介】【生】

晚末無知、狂言唐突、先生不加訶斥、反辱寵招、使晚生何以克當、〔外〕名山勝景、風月撩人、聊借青尊、奉聆大教、不足言謝、且住、我等且信步上山、一觀燈火笙歌之盛、然後到小寓中、敲詩角酒、消此良夜何如、〔生〕心緒不佳、登臨興淺、既承先生挈引、就此借步論心便了、〔外〕呂兄請、〔生〕先生請、〔同行介〕上得山來、好一派月色也、〔合〕

【忒忒令】只見寺中山、疑五丁鑿開、石上水、恰千人留在、〔外〕你看皓月流空、石光如練、更有花燈萬點、掩映於喬松古柏之間、【合】一碧萬里身在爛銀世界【內打粗十番介】【外】呂兄、那邊鼓樂喧闐、上前聽來、【生】勉應倦聽介【外】妙嗄、這的是廣寒宮奏霓裳翻新拍、不由人連聲價喝采【生】嗳、則這

嘉慶子凄涼山月胡亂踹、怎知我心向遙天無佈擺、素素素素、多分你此時呵、同此清光一派【內打細十番介】【外】那邊管絃嘹喨、與兄再去聽來、【生】不倸介【外】呂兄、好出神也、【生】小生在此聽着、【外】咦、呂兄看你沒情沒緒、典致索然、或有心事、學生不敢相强、且請到

小寓中煑酒談心、以永今夕、俟餘興未艾、再來散步、
未爲不可。生 這到使得、行介 合 已盡興剡舟。回還盡
醉向蕭齋。作到定席各坐介 外 呂兄湖海萍踪、定交
匪易、不嫌簡褻、請開懷暢飲一杯、今夜呵、
尹令 正酒時風清月白。况酒地山縈水帶。更酒人潘
江陸海。生 不飲介 外 呂兄、請一杯、正好大白同浮。敢
把高價蘭陵一例擡。生 生受先生、小生委實醉了、
品令 朦騰倦眼猶帶宿酲來。外 酒還未飲、怎麼就說
箇醉字、還是再奉幾杯、生 搖首介 高陽潦倒。莫把酒

呂生痴情非劉將軍此番播弄不見其眞

徒覷吾儕〈外〉還要與兄痛飲狂吟作竟夕之談哩〈生〉夜遊秉燭這勝事難于再〈外〉呀這又奇了呂兄你從來快士何此夕偏多不快我理會得了自古筵前無樂不成歡不敢欺僥倖學生寓中邀得一位佳人在此喚他出來奉敬一杯看呂兄推辭到那里去〈生〉急搖手介這一發使不得久已是粉黛無顏消得把名色佳人强弄乖〈外〉一定要喚他出來陳姬快來〈旦〉上來了

〈豆葉黃〉見人無語佯整鸞釵相公萬福〈生〉姐姐少禮

相逢直說便同嚼蠟偏要刁難

呀、好一位麗人也我若不橫礙箇素素在胷中也須有幾分兒偢倸（外）呂兄這、還是名色佳人不是眉頭且放眼睛試揩（生）佳則佳矣怕沒有素素這等才華、還畢竟輸他一着還畢竟輸他一着怎解得愁煩撇得我相思擔開（旦）呀、呂相公、

【玉交枝】伱太高眼界雖則嘆才難豈眞無一才（外）便是、眼界太高了、萬一這位姐姐、一發具了素素這樣才華、呂兄却如何相待、針針相對般般賽難道值不得一回盼睞（生）這箇萬無此事、郎或有之小生還是

使呂生語語打入素素心中令其直欲情死妙絕

守定素素決不致得隴望蜀書生幾何福分該敢云邢尹能兼愛〔旦〕呀怪伊行惡聲搶白〔背介〕喜伊行眞心看待〔外〕呂兄你遙想素素巳非一日今日果然要見他一面否〔生〕請問先生素素安在〔外笑介〕月上海棠莫浪猜爲伊消却鈎腸債〔指旦介〕只此是的眞素素舊名難改〔生〕不信姐姐就是陳家素素〔旦〕多承記念妾卽眞娘墓上題壁女子也甚感激你啼笑多情深慙愧我烟花無賴〔生〕如此說小生早則喜也來天外這幾日呵我如此狂呼怕不你耳根熱壞

要緊關目却做得細膩端莊便不落妖淫窠臼

（外）呂兄這也說主司罪案麼（生）如今再不敢唐突了
也罷邂逅適願不覺喜而欲狂就是先生在此也說不得了還索上前大膽飽認一回（細看介）呀

【玉抱肚】又憐又愛覷他瘦巖巖渾身骨柴（旦）賤妾素有弱症不覺委頓至此（生）如此柔肌細骨似非烟火中人恐錦衣玉食尚非姐姐所宜小生另日當爲姐姐製藥裁衣以副玉體（旦）生受相公（生）姐姐你只合御纖衣霧縠冰綃餌靈藥繡佛長齋還要爲伊築座避風臺生怕飛去瑤京再不來（旦）呀相公素昧平生

此時不肯苟合方是憐才下文心許一折始覺整密生動

遂爾推心置腹、賤妾何幸、致蒙錯愛至此、

江兒水宛轉將心逗、依稀着肉揣、早把盟山一座填情海、（外）才子佳人、天作之合、你兩人既有同心、好歹就在小寓、了酬夙願何如、幾點殘更休躭待、些兒染指難寧耐、（生）先生講這樣沒正經的話、我兩人果有前緣、尚期以禮相接、潦草宣淫、小生決不為此迂腐由來措大、這兩字鴛鴦須索要寫來端楷、（外）呂兄如此、說到辜負了陳姬這番來意了、（生）這箇怎敢、也罷、小生准期三月後、親到姐姐寓中相訪、（旦）如此相公

不可失信、

川撥棹我凝粧待賁三泉。掃半堦。〔生〕先生方纔瞞得我、好生受伊老大恢諧。生受伊老大恢諧。鬬機鋒。這番奏凱〔內敲梆打五更作雞鳴介〕〔外〕呀、又早五更也、

〔生〕呀、又早雞鳴也、〔合〕聽匆忙雞唱催。見熹微曙色開。

〔生〕天色已明、小生就此告別、另日再容致謝、

尾聲高壇擬向淮陰拜。〔外〕陳姬、我就此遣人送你回去、者。〔旦〕曉得、相公、你好從流水認天台。〔生〕小生一定來的、〔外〕他日挈帶我。俠客黃衫。從茲倍光彩。

生銀燭金樽酒百壺。旦繡床扶病見人初。

生旦任教綰就同心結。外方信英雄是老夫。

第九齣　匿影

副淨急上不好了快走快走

縷縷金多狡獪最貪婪萑苻圖嘯聚憚威嚴一霎青天裏雷驚電閃自家吳典積棍王慶綽號混江龍的便是和我哥哥胥大奸他綽號番山虎一向狠狽為奸橫行無忌兼與岱山衆盜私相往來年來歲遇饑荒人心思亂那些弟兄們屢次要招我二人上山做

那替天行道的勾當、正在打算前去、不想卒然間、到了箇袁太守、密發硃單、捉拏光棍、拏去的立行杖斃、再沒挽回、我兩人名字、亦在其內、一時聞此信息不覺膽喪魂飛、幸得有人密報、踉蹌走出、本待潛遊岱山、小題大做、又怕做公的眼明手快、反遭毒手、只得逃過潯溪、前往蘇州投奔、那所在五方雜處、却也還容易躲避、一口氣跑來、這里是震澤地界了、胥大哥隨後便來、不免路旁坐着、等他一等同走、網羅無復錦鱗粘、揚鬐向天塹、揚鬐向天塹、（淨急上）

【前腔】無忌憚、少拘箝、天生多陋相、奮虬髯、未應鳴狐識、先教破膽、【見介】呀、王家兄弟、嚇殺我也、跑到這里、想是大家有命了、【合】網羅無復錦鱗粘、揚鬐向天塹、揚鬐向天塹、【副淨】大哥且坐下、喘息定了再走、【淨】噯兄弟、我兩人作惡多年、從來不曾出醜、不想這袁太守偏生做起對頭來、若不虧這兩脚、跑得快、此時府堂之下、又添上兩名新鬼了、【副淨】這都是你不聽我言語、現放着岱山一班兄弟、不早去坐了第一把交椅、整套穿衣服、論秤分金銀、那裏什麼官府、可以奈

何得我每、如今湊手不及、做了喪家之狗、豈不可恨、

噯、哥嗄、

【皂羅袍】自恨聰明忒欠。把大哥坐位。到手還謙。他那里秦臺懸鏡太森嚴。俺這里函關揭木難行險、哥我每就逃到蘇州去、西江半滴、雖則殘生暫淹、南塘一出何日讎家早殲。决莫把吳興好漢聲名玷

【淨】兄弟、凡事不可性急、我已預先打算在此了、我每如今逃到蘇州去、僥倖身邊、帶得有百來兩銀子、我便投入上司衙門、頂替箇差官的名色、盪些風水、你便買造

船隻往來滸關一帶探聽消息順便打刼幾箇客商少供山寨之用且過一兩月等衆弟兄每備齊器械我那時與你飛渡太湖一晝夜就可趕到岱山了兄弟嗄

【前腔】我素志不奪不饜便茜紅巾裹犯順何嫌由他吉網與羅鉗俺殺人自有黃巢劒兄弟我與你同到蘇州見機而作護身符在我差官勢添板刀麪喫你梢公出尖將來時運一到不要說起做強盜就做到草頭天子終非忝【副淨】大哥說得是天色正早我每

再行一程、明午就可到蘇州了、（淨）如此大家快走、

第十齣　心許

（旦上小旦隨上）

（謁金門）遭僝僽。腸斷西風楊柳。今夜月明須坐守。幽期剛十九。奴家陳素素、偶以小詞題墓、漏洩小名、承呂郎謬加稱賞、無限鍾情、前日一見、使我驚喜相半、寥寥數語、遂已銘感終身、他約定三日之後、准到我家相訪、今日剛剛十九、至誠君子。必不爽信。只得扶病起來、打點凝粧以待、繡烟你可安排奩具、整頓衣飾、伏侍我梳裏則箇、（小旦）呀、姐姐、你連日身子不快、

消魂艷語絕妙情詞作者應是舌本有蓮

茶飯也懶進、今日侵早起來、就要梳粧打扮、可不太勞碌了、〔旦〕噯丫鬟、你那里知道我的心事來、二郎神人別後三日夜提心挂口〔小旦〕呂相公雖然有約、那得今日准來、〔旦〕他密語惺惺應不謬〔小旦〕郎果來、姐姐扶病相見、就不梳裹也罷、〔旦〕說那里話、我天生愛好病中人更要風流〔小旦〕如此奩具在此、繡烟伏侍姐姐梳粧便了、〔旦〕梳頭介悄問侍兒粧好否只莫管我鏡中肥瘦〔畫眉介〕還把黛螺鈎鈎出箇新添歡喜的眉頭〔小旦〕阿呀、妙嗄、前腔遲留。看你妝成楚楚。恰趂副病餘時候。（旦）女爲悅已者容、這妝束倍宜鮮艷、你與我把秋花插上幾朵、（小旦）曉得、姐姐、你一種奇香伊自有。秋花添鬢。怎不怕遊蜂撩亂釵頭。（旦）只揀華麗衣服、與我穿上、（小旦）與旦穿衣介、呀、姐姐、這般瘦了、寬却羅衫鬆鈕扣。可知道今朝覺瘦。我繡烟在這裏想你、便扶病添妝、知道、那人、可能踐約、若使不來呵、可不枉凝眸待。如何支消茗椀香篝。（老旦內叫介）素素孩兒進來罷、（旦）母親聲喚、進去罷、（小旦）姐姐請、（同下）（生上）

集賢賓三秋一日經九秋。夢不離十里紅樓。小生邂逅名姬、訂期今日造訪、又得劉公指引前來、這里已是素素住居了、門兒虛掩在此、不免徑入、此際相逢。須郎溜斷。不似前番嫩臉藏羞。有人麼、（老旦上）是那箇、客來失候。忙殺了鷚哥紅咮、原來是一位相公、（生）媽媽拜揖、姐姐可在家否、有煩傳語、說小生呂貫奉訪、（老旦）嗄、原來就是呂相公、怎麼說箇在家否、我家小女、蒙相公相約、扶病久。剛堦下香茵屧皺。相公請坐、待我就喚他出來、女兒快來、呂相公在此、（旦）來了、

反說無病妙妙

老旦老身烹茶出來。下旦上

前腔聲聲門外嘶紫騮。呀原來果是那生。禁不住掩扇迴眸。生姐姐拜揖。旦相公萬福。相公眞信人也。如此至誠誠罕有。不枉我隔宵來便數更籌。生爲別未久尊容更覺消瘦了。敢問姐姐病體略好些麼。旦相公小妹那有什麼病來。從來消瘦對君子敢云負疚。作委頓强支介生姐姐力疾之意。小生儘知感殺你情意厚。只一語心窩印透。前日草草相逢。還不曾細問。姐姐艷質奇才。緣何落於風塵之內。宅上更有何

觀呂生言知非等閒浪子觀素素言知是可憐情種與一切風情覺非泛泛

人此身還可自主麼（旦）嗳不要説起

【黃鶯兒】我生性是溫柔障風塵又幾秋（指内介）當不起猖猖阿母多生受（生）既有令堂作主將來婚姻之事正好與他商量姐姐可知小生此來呵原非冶遊端爲好逑豈肯一宵恩愛雙丢手（旦）相公不要太認眞了相公名教中人衣冠自重烟花下賤何足以辱君子婚姻二字斷斷不可提起相公記取這下場頭無非楚館不是鳳凰樓（生）嗳姐姐説那里話姐姐天上仙娃一朝墮落既蒙心許自當出之火坑況小生

綢繆旖旎之情溢于言外文生情情生文筆端湧出玉芙蓉也

原非好色之徒、豈作寡情之事、姐姐如此說、太覺小覷我呂貫了、

【前腔】決裂綰鸞儔不從心誓不休爲卿賭下同心呪（旦）相公注意如此、小妹萬幸、只恐阿母爲惡黃衫各不易覓、奈何、（生）這也說不得了、牽的是愁擔的是憂總拚耐着心兒守（旦）如此容奴致謝、（福介作立不定介）（生）看仔細、（旦）謝偎兜便做道今生巳矣魂亦抱衾裯（作欲倒生扶定靠椅介）呀、姐姐爲何如此、驚殺小生也、

老旦提壺上

猫兒墜芽茶濃潑。合與潤枯喉。生　媽媽快來、令愛暈倒在此、老旦　呀、好奇怪、早難道阿母搖錢樹子休嗄、是了、我女兒連日身子、本來有病、今日起的太早、又與相公陪話多時、神思消乏、所以委頓至此、誰教破早上簾鈎知否。況復連朝見粒而嘔。生　這等不妨、待小生撫摩一會、緩緩扶他起來、姐姐蘇醒、姐姐蘇醒、旦漸起介　阿呀、相公、生受你了、

前腔　拋君未忍薄命且淹留。生　姐姐體中不快、靜養

爲上、媽媽好生扶進房去、小生不便攪動、也只得要告別了、（旦）相公且住着、一刻相親一解愁。（生）姐姐休如此說、還是進房安憇的是、小生今日別去、另期再來相訪、媽媽、這白金十兩、奉爲令愛調理之貲、前日乍會、便知玉體欠安、已曾商之名醫、修合丸藥一種、旦晚製成、即當耑人送上、媽媽、你還看小生面上、將他十分調護要緊、（老旦笑介）這箇自然、（旦）如此說、相公、眞箇要去了、哎喲、眉頭事又到心頭。（合）綢繆四目相看、畢竟誰淚先流。（生攜旦手介）姐姐、千萬保重、小

余有送别句云欲出未出舌上聲將傾未傾頻上淚可擬此時情景

大好題目

生去了

【尾聲】忍言分手還還携手【旦】相公嗄你芳草從教識舊游【合】莫負了一樣心腸兩處有【生下】【老旦】我的女兒倒說看他面上這相公好不癡只是他纏頭空費巫夢未交豈不辜負了他來意我兒你還是倍加保重巴得體中略好約他再會便了【旦】謹依母親嚴命

【旦】未知携手定何時【老旦】酒美茶香慰所思

【老旦】今夕月明樓上望【旦】却教成喜又成悲

第十一齣 忠諫

【末上】

風入松慢前涓涓不息愼其初。怕流作江河。危言讜論知無補卑微故是人奴。自家許秀我相公詩禮家傳、清白自好、向奉先老爺遺訓、但知閉戶讀書、那曉尋聲逐色、不意爲了陳家素娘、忽然如醉如癡起來、把一生伶俐聰明、盡變做風流佻達、乍會於虎丘山下、再訪於便山橋南、只爲體中有恙、一時敗興而回、這幾日在家、又替他修合丸藥、又替他裁製衣衫、聞得今日帶了纏頭、又要到那里去問病、留宿、還要商議替他贖身、嘐銀錢浪費、這是小事、一旦娶他來家、豈不門墻玷辱、那些親友、不知大義、贊成者多、勸沮者少、仔細想將起來、我許秀幼蒙豢養、自當矢報涓埃、今日家主一時被惑、爲下人者、難道就袖手旁觀不成、不免痛哭流涕、上前諫諍一番、相公讀書明理之人、倘得回心轉意、這就謝天不盡了、呀、道猶未了、相公、歡天喜地、又早打點出門去也。（生上）

【風入松慢後】相見何如不見。新來倍覺愁多。小生爲素素抱痾、憂心如灼、昨已差人送藥、知他略有起色、因此今日再期過訪、確訂終身、果爾婚姻可圖、我亦傾家不惜、許秀隨我往西郊一行去、（末）相公往西郊、要到那家去、還是會文還是講學（生）也不會文也不講學、要往便山橋南陳素娘家去、（末）呀、小人聞得相公要出門、必有正事、絕早就在這里伺候了、却要往陳素娘家去、論起來、小人不該唐突相公、你却有萬分的不是在那里、（生）哇、怎麼我萬分不是起來、（末）待小人叩箇頭兒然後敢說、（生）你且說來、（末）小人呵、

【風入松】一生不慣口含糊。況是舅爹恩深難補。（生）好奇怪、你是平昔極有規矩的、今日却爲着甚來、（末）相

公你試自家想一想爲着甚來我居甲詘上誠跋扈
忍見伊迷而不悟（生）我那些箇迷而不悟（末）小人不
敢說止是相公不要往素娘家去就是了家自有筆
歌墨舞這煙花祟可也慢招呼（生）嗄原來爲此許秀
你不曉得我心慕素娘本爲憐才起見旦晚圖晤便
當迎娶過門又不是浪擲金錢遍遊花柳你怎麼就
阻撓起來（末）呀相公這益發差了浪擲金錢這也還
是小事相公你試想着我們何等人家相公何等身
軀清清白白討箇青樓進門難道不要被人嘲笑的

忿直之氣溢於楮上只直一語旨生能不下拜那

前腔行人道上口胡盧狹斜徑如何行錯那大江南北那箇不曉得先老爺是箇名臣家訓甚嚴子孫必能世守今日相公偎紅倚翠破產揮金把自已身子看輕也罷那先老爺百世清名豈不一旦有汙了潯江夜泣琵琶婦頓忘了鯉庭曾過請問相公堂上匾額寫的是什麼字生你還識不得麼這是念祖堂末這等不但小人不識連相公也識不得哩先老爺世代清貞楷模具在你全不記堂名念祖枉了從懷抱便已識之無生哇狗才那家沒有三妻四妾却要你

是一則風月機關子弟輩當銘

這般唐突、

〔急三鎗〕肉屏風、香臺伴、鳳窠女、這豪華事、豈盡世間無、〔末〕三妻四妾、委實那家沒有、只是烟花女子斷斷不可、〔生〕自古入門爲淨、這亦何妨、洗鉛華、捐歌舞、辭蜂蝶、但得金屋貯、便是好規模、〔末〕呀、相公、從來薄倖是青樓、你道他眞心肯嫁你麽、無非安排圈套、哄騙錢財、

〔風入松〕書成太乙攝魂符、覷定你金錢糞土、〔生〕我與素素、恩愛不同、〔末〕相公還不曉得姊妹每的利害哩、

之座右

開口說恩閉口說愛多少聰明子弟被他一手攫定再不放鬆逢人便把濃情訴更自好急淚撥來一副

（生）我素素真心要嫁我不要你多管（末）若說嫁字這益發不可信了平康巷招牌遍鋪多說嫁可也不勝夫相公還是依了小人言語不可落他圈套（生）好狗才別人家的奴僕何等分憂替力今日好端端一椿佳事却要你瑣聒不已這是那里說起

【急三鎗】甚關心偏饒舌能作祟問你有多大護身符

（末）相公萬萬不可（生）你還這般說難道沒有家法的

忠諫一折乃一本中極頓挫文字大有波瀾呂

麽、摒身軀、嘗夏楚、成就你蕭頹士舊家奴、鎖了書房、快些隨我出去、（末）阿呀、相公、小人這般苦求、只是不從、罷、小人只得長跪堦前、哀哀求告了、相公嗄、你待

（風入松）觧衣怒馬出闤闠。可聽取黃犬唧衣聲苦。（生）這狗才、好放肆、書童取板子過來、待我着實打你幾下、（末）相公要打死小人、小人小人情願就死、依依戀棧甘捶楚。斷不敎遂非文過。（生背笑介）這狗才爲着甚事、就這等發急、且住、我細細想將起來、方纔許多言語、也未必全然、不是、我且權向家中勉强再住幾日、打

生遂爾不去眞是貴介書生不愧名門子弟然讀者至此不覺廢卷驚疑將謂呂生爲薄情乎爲君子乎爲兒戲乎

聽素素病體全愈、看他如何相待、再作商量便了、狗才起來、我就依你言語、今日不到他家去了、【末】果然不去了、、【大笑介】我好快活也、回天力終不負吾。相公嗄、羨殺你能從諫。終是聖賢徒。【生】我還有說話分付你、隨我到書房中來、【末】曉得、

第十二齣　密誓

【副淨上】

水底魚生死波查、忙忙犬喪家、典風作浪、一棹趂生涯、一棹趂生涯、自家王慶、前日與胥大哥逃出吳興竟到蘇州、地面、他便投入衙門、做了差官、我却駕箇

尋常語寫出覺

小船往來太湖一帶、大家借着名色、覷箇機會、只待弄些錢糧到手、潛歸岱山買馬招軍、做那替天行道的勾當、袁太守不共之仇、就可報復了、這也不在話下、早間泊在虎丘、有箇媽媽、喚下船兒、教我送他女兒進城、要到什麼呂儀生相公家去、那女子姓陳、名喚素素、看他生得十分標緻、大是動火、我進得城來、將船泊住皐橋、已與問明住處、不免喚上岸來送他前去、小娘子、請上岸則箇、（旦上小旦隨上）

【霜天曉角】情牽兩下。隔箇銀河鏵。（副淨）小娘子請走一步呂相公家就在前面了、旦海上客星難迓黃姑轉泛輕槎。副淨這里巳是了、裏面有人麼、小生上是那箇小旦相煩通報、說陳家素娘在此、小生少待、向內介相公有請、生上來了、

前引心心縈掛望斷雲中駕。小生啓相公、陳素娘到了、生喜介果然陳素娘到此、快請進來、生出迎旦見介合曾記相逢月下看看菊有黃花。生這是何人、副淨小的是船家、生分付賞他酒飯、打發船錢回去、小生應同副淨下副淨好兩箇標緻女子、正好做我每

絕妙關目極冷極趣

壓寨夫人、〔下〕〔旦〕繡烟外廂伺候、〔小旦下〕〔生〕姐姐、一別半月、則被你想殺小生也、〔旦〕呂郎、你也、還想着、小妹、麼、〔生〕呀、姐姐何出此言、〔旦〕嗳、呂郎、你眞好薄倖人也、

【小桃紅】別離又是月生芽終則你情兒寡也枉了我夜夜南樓不閉窓紗盼不上飛夢到兒家〔生〕小生自見姐姐、魂夢爲勞、偶因小事羈身、這幾日不曾來看姐姐、怎麼就說箇寡情、〔旦〕起立覰生〔介〕怪道尊容也消瘦了許多、嗳、本待向伊行怒生嗔不覺見伊行憐生愛也〔生〕姐姐病體初痊、着惱不得、且請坐了、慢慢

一番責備固是常情而呂生宛轉不忍直言至於痛哭流涕眞情種也

的講、（旦）微笑（介）呂郎、呂郎、似這等幇襯虛文爲甚半月以來呵、望的我眼巴巴（生）不瞞姐姐說、連日音問少疎、實實有箇緣故、（旦）什麼緣故、（生）只爲（旦）爲怎麼、（生）只爲家奴（又住口掩淚介）罷、還是不說罷、

下山虎你但須呪駡我儘受責罰（旦）有何事故這等欲言不語、（生）我話、便有、一句不敢分明語只合心窩自撾（旦）畢竟却爲何來、（生）哭（介）姐姐嗄、這都是小生自巳不是、悞聽了家奴許秀之言、他道（住口介）（旦）他道怎麼、（生）作欲言不言悲（介）（旦）作驚連問（介）（生）緊拉

（旦手哭介）小生說便說了止是姐姐萬分不可着惱他道煙花中人情誼最少少甚麼遇客傾心逢人說嫁那眉眼叮嚀都是假（旦）嗄原來如此呂郎你聽信他的言語否（生）小生也不敢盡信却便想着婚姻二字原自草草不得終身事相關大怎敢是處巫山便當家（旦）如此說你索與小妹恩斷義絕了（生）怎麼說箇恩斷義絕只此素心相對詩酒可以共娛何必論姻婭情粘齒牙儘和你共整旗槍且鬭茶（旦微笑介）妙哉紀綱也風絮浪萍青樓本色呂郎有此評僕是

呂生含糊心酸耳素素含糊情則苦矣

嚴師亦是益友使妾聞之不覺卓然起敬
山麻稭只一句錐心話令十萬青樓一齊聲啞作悲
介只是一件欲言又止介嗟呀我待開言寒噤還先
打生姐姐有甚言語不妨儘說旦噯說他怎麼總只
是自憐命薄君非負妾妾負君家呂郎請進小妹從
此永訣矣生呀姐姐且住聽你一片情詞石人當爲
墮淚豈有七尺男兒反受制於臧獲之理罷罷
五韻美薄倖名難招架自恨我耳根不合放軟些險
些兒估輕一例平康價旦如此說呂郎你也還繫念

小妹麼（生）怎不繫念姐姐（各細覷抱持大哭介）（旦）呂郎嗄（生）姐姐嗄（合）潛然淚下情到此如何干罷（生）如今說不得了只是好事多磨恐將來不無間阻當與姐姐長跪花前設下死生誓願卽有風波意外兩心堅守何如（旦）小妹正有此意（合）盟鈿盒炙肉疤打點着世世生生彩鸞並跨（出外各跪介）（生）皇天在上呂貫與素素誓訂婚姻死生不易如有負心斃於刀箭之下（旦）妾誓同之（合）

〔蠻牌令〕繫臂縮紅紗把酒醉流霞天荒和地老誓願

自周匝化鴛鴦年年睡沙爲蝴蝶日日尋花（生）設誓
已畢請姐姐到裡面坐罷（掩門緊携旦手欲進介）若
不是這三分隙一念差那得箇倍添親熱更覺風華
（丑上）身似花間雙蛺蝶東家穿過又西家自家陶吃
子幾時不曾會呂儀生相公今日擾他擾擾去着人
通報恐怕回我不免竟闖進書房中呂相公呂相公
（生）有人來了姐姐且到裏面少坐一回（旦下）（生出見
介）原來是陶兄（丑）呂相公又是連日不見了小子昨
日在劉將軍寓中知道陳家素娘已與相公會過正

呂生得見素素原因老陶花案之傳今日定情來此一番胡哄雖是餘文更見周密頓挫於吟

欲替你兩人說合婚姻之事這箇媒人一定少我老陶不得好歹今日大大請我一請要緊要緊（生背介）誰要你做甚媒人好不扯淡（丑）江頭送別未穩便謝媒錢雙披絳紗。先打點澆媒酒滿浮玉斝。（生）果是成就婚姻改日自然奉請小生此際有些俗冗不及奉陪怎麼處（丑）我曉得你鰥一般閑在家裡不要管我竟坐定在此看你怎麼打發我去（生背介）這箇怎麼處千金一刻無多暇來得箇不尷不尬。（丑）噌眞箇有事忙這等不勞奉陪（指內介）小

處得情作者細心覽者勿以閒事慢然置之

子、自在這邊坐着、不蒙賜酒、竟擾了便夜飯歸去、何如、（欲進介）（生急介）（丑）**江神子非吾強磕牙。擾慣了、浪酒閒茶。**（生扯介）裡邊書籍縱橫、陶兄不要進去、（丑）難道偷了你什麼、小人、小人、嗄、我曉得你心上有甚麼不快、外邊去散散心也好、我就拖了、你去、（生）這箇益發使不得、（丑）怎麼使不得、看門前**紛紛嘶過驕騮。**（生）嗄、也罷、小生實有正事、不及奉陪、偶有白金三星、陶兄自去買杯酒喫、相訂一日、同到劉將軍處、商議婚姻之事、何如、（丑）這有甚使不得三錢之典學生酒也有了飯也有了夜裡這條蚊烟也有了明朝頭上兩朶茉莉花也有了多謝多謝再沒甚說竟告別了這回虧煞臉生花將脾肺一齊救搭（別下）（生掩門介）可厭可厭被他兜搭一會可不把素素焦壞了姐姐（旦欲上）（丑又上）只管撚我出門畢竟作何勾當再進去要他一耍開門（旦復下）（生）陶兄你怎麼又來（丑）不曾問得幾時往劉將軍寓中去（生）再過兩三日咦什麼要緊哽（丑）如今真箇去了（下）（生欲進介）（丑）呂相公（生）怎麼說（丑）直頭沒甚

說了呀啐【生】啐【丑下】【生】可厭之極姐姐快來【旦上】來了【生】呀姐姐狂且驚擾一時未及陪對又是小生有罪了【旦】好說【生】如今好了【抱旦介】

【尾聲】今宵摘去風簷馬【旦】敢告箇陽臺消乏【生】姐姐儘和你亂擁紅綾一片霞

【旦】水歸滄海意俱深【生】弱柳風高遠漏沉

【旦】料得夜來天上鏡【合】只應偏照兩人心

第十三齣　計刼

【淨急上】噯正是恨小非君子無毒不丈夫我老胥爲何道此

兩何、只爲袁太守作對、逃下蘇州、我便做了差官、王家兄弟、扮了船戶、道是隔了省城、該管不着、不料那厮、不知利害、抵死追求、昨日衜遞文書、移會與蘇州知府、畫影圖形、定要捉拏我等、嗳袁太守、袁太守、我與你往日無寃、近日無仇、甚麽要緊、苦苦要害我兩人性命、仔細一想、現放着岱山一班兄弟、寄書招我上山、我每若不急去、將來捕快一出、豈不做了甕中之鱉、因此飛趕前來、尋着王家兄弟、與他急急商量、打點大家入夥、但能留得殘生、倘遇一朝發迹、直待把這湖州府城、踏做平地、方消得我胸中一點怨憤之氣、呀、一路行來、你看前面泊下船兒、可不是他、待我叫他一聲、王家兄弟、【副淨上】來了、設伏窩弓擒猛虎、安排香餌釣鰲魚、呀、胥大哥、連日少會、急急忙忙、待那里去、【淨】嗄、兄弟、你原來還在睡裡夢裡、方纔湖州太守、又行文到蘇州、把我兩人畫影圖形、捉拏甚緊、我和你早晚性命不保、如何處置、

【鎖南枝】誅求急。政令苛。鳥山嶼遍奈若何。【副淨怒介】嗄、這袁太守、好生沒理、我每避過了你、也就罷了、卻

苦苦的做盡對頭、難道我每就甘心受死不成、（淨）兄弟一不做、二不休、剛剛昨日岱山衆兄弟每、差人報信、要請我等上山去、打點忠義堂前排一位盤龍座。（副淨）大哥去也不去、（淨）不去、難道止在此處束手就縛、自古人急計生、兄弟你快快打點蓬繚、我便連夜下船、順風揚帆、明日便可趕到岱山了、這是逋逃藪。虎豹窩。既不受虛驚。又可免實禍。（副淨）如此甚好、做兄弟的、却也有一樁事體、要與大哥計較、（淨）又有何事、（副淨）昨日兄弟、泊在虎丘、有箇媽媽、喚下船兒、教

許刼於傳奇中亦常有之肰於

我送他女兒進城、到一箇什麼呂公子家去、過了一宿、那女子生得十分標致、好不動火、還有隨行一箇侍女、也有八九分姿色、昨夜想了一夜、忽然心生一計、意思要拐他上手、如今走到呂家、只說奉他母親之命、接取回家、昨日原是我送去、他每决不疑心、倘然溜得下船、一徑撑入太湖、我們大家受用、却不是好、

【前腔】路刼章臺柳。湖浮西子舸。【淨】果然好計、我每此去、正少兩位壓寨夫人、既有此機會、這是天從人願

素素身上生發覺波瀾變幻情更深而文愈巧矣

了、兄弟快快下手、我只在前面等你便了、〔急下〕〔副淨〕轉來、轉來、哥哥、還有說話、萬一女子便溜了下船、被他識破機關、沿途叫喊、却不被兩岸百姓拏住、如何是好、〔淨遲疑忽高叫介〕有了有了、萬一女子叫喊、我做哥的現充衙役、只說你拐帶婦女、奉憲拘緝、喝令搖着前行、再也没有一箇敢攔阻了、〔副淨〕一發妙計、兄弟就此搖船進城便了、端的可居奇貨。有分帳揭銷金。把窄窄新郎做。〔淨〕兄弟小心、莫悞大事、〔下〕〔副淨〕慙愧、慙愧、真乃天賜其便、不免急急進城、則箇瞞天謊混世魔、那許他破雕籠掣金鎖、這里巳是不免帶纜上崖、〔上崖介〕行不數步、又早呂家門首、有人麼〔末〕〔上〕忠言徒逆耳。密約又同心。是那箇、〔副淨〕是船家昨日送兩位姐姐到來、他媽媽着我今日接他回去、〔末〕這等住着、待我去說知則箇、〔下卽上〕船家、你回去上覆媽媽、我家相公說、難得素娘到此、還要留他多住幾日、〔副淨〕媽媽原說、既到府上、本該再住幾天、只爲今早心疼急症、要緊接他回去、過一日、依舊還着小人送來、〔末〕如此、與你進去、再說一聲、〔下〕〔副淨急介〕這

事有幾分走作、路頭阿太保佑、保佑、【末上】船家那里、素娘下船了、快打扶手、【副淨應介】【旦上小旦隨上】

【前腔】拋紅豆斂翠蛾。離多會少因甚麽。【末】素娘船在此間了、跳板滑、看仔細、船家相公分付教你好生服侍素娘、【副淨】曉得、【旦】管家、回去、拜上相公、說我明日、一定、來的、【末應下】【副淨】二位娘子、請坐穩了、待我開船前去、【淨作瞎上意會介】【先下】【旦坐】【副淨搖介】【旦】懶上載花船去。奈不解事的梢公偏又催上聲聲櫓阿呀、呂郎嗄、風聲緊雨意多只今宵怎生過【下】【老旦上】

〔前腔〕黃金教歌舞、掌珠自撫摩。老身錢氏、我女兒素素、昨日進城、今晚還未回家、自來接他一接、或者呂相公還要留住幾天、也要啓發他些錢鈔過活、少甚紅綃三萬。他但不惜纏頭。我也落得把周方做一路問來、這里是了、門上有人麼、〔末〕又是那箇、〔老旦〕大叔、相煩通報、說老身錢氏、接我女兒素素、〔末〕呀素娘方纔有船來、接去多時了、〔老旦〕大叔休得取笑、桃源閉。有甚漁艇過。〔末〕是絕早起身來的、〔老旦〕一發沒有這事了、我女兒平昔間、呵。慣是帶春酲嚲嬌臥〔末〕那箇哄你實已下船去了（老旦）果然如此好不奇怪快請你相公出來待老身當面問箇明白（末）媽媽這里來同進（介）相公有請（生上）身無綵鳳雙飛翼心有靈犀一點通呀媽媽何來（老旦）相公萬福我女兒到此特來相接（生）令愛去已多時（末）小人也與他說過（老旦）大叔方纔也是這等說只是老身並不曾遣人來接各相顧疑（介）（生）這事有些蹊蹺了

【前腔】心驚悚意揣摹瑤京一朝飛素娥（老旦）請問相公來接我女兒的是何等樣人（末）就是昨日送來的

船家、（生）他說媽媽心疼急症、立刻催促起身、（老旦）呀昨日船是偶然叫的、何曾與他相認、况老身那有心疼急症、多分着了拐子的手了、（生驚介）青天白日、不信有此奇幻之事、更有陽羨書生。攜去鵝籠坐。許秀、你快同媽媽回去、一路細細找尋、若素娘此時還未到家、這事大有變故了、媽媽、你快些回去、小生隨後就趕來也、（合）聽鴉鵲噪、凶吉訛、願得好音傳、早把笑容破、（末）小人勸相公不住、今日止等弄出事來、這却怎處、（各驚慌下）

第十四齣　嘯聚

〔小生扮僂儸上〕一點欃槍天際明。西風獵獵颭危旌。三千鐵騎馳蔥嶺。一帶艨艟出洞庭。自家岱山胥王二位大王帳下、一箇僂儸的便是。俺大王蘇城避禍、歸到岱山、一心買馬招兵、加意屯糧積草、且喜衆多頭目、大家福至心靈、不消幾日、早已訓練的三千水步武藝精強、此去打家劫舍、掠地攻城、却也有何難事、前日大王又在蘇州地面、搶得兩箇標緻女子、今日黃道吉期、一來要册立夫人、二來就要操演將士、只得頂盔貫甲、在此伺候、呀道猶未了、你聽三通鼓响、一棒鑼鳴、兩位大王又早升帳也、（淨副淨戎粧外生小旦丑扮頭目旦老旦末扮僂儸上）（淨）【點絳唇】劍閃秋霜。（副淨）艦迎巨浪。（合）威風壯。鱗甲飛揚。敢作成龍想。（淨）炮火連營殺氣濃、蕭蕭牧馬夜嘶風。（副淨）教成犀甲排秋浪。要奪南塘第一功。（淨）自家番山虎胥大奸是也、（副淨）自家混江龍王慶是也、（淨）兄弟、我和你嘯聚岱山、謀爲不軌、且喜兵精糧足、歸附紛紛、今日黃道吉期、一來冊立夫人、二來操演將士打點剋期進發攻破湖州府城不但恣取府庫錢糧還可圖報袁太守不共戴天的仇恨豈非一舉而兩得麽叫僂儸（衆）有（淨）快到後營中請出兩箇女子待我先行册立者（衆）稟上大王兩箇女子號啕痛哭抵死不肯出房還有說話僂儸們不敢細稟（副淨）什麽話（衆）那女子聽說册立二字將大王十分辱罵（淨）嗄有這等事速速綁出營門斬首（衆）應（副淨）大哥息怒今日操演吉期擅行殺戮於軍不利況是婦人楊花水性自然轉意回心且將來監禁後營俟操演過

了、明日到他房中、用強逼勒、怕他不從、〔淨〕這也有理、分付免斬、〔衆應〕〔淨〕且將軍士喚齊、聽我號令、〔衆應〕三吶喊搖旗介〔淨〕今日操演、一遵前日演過陣法、三千名僂儸、分作三隊、每隊哨長一人、管領號旗、第一隊施放烟火、迷障官兵眼目、第二隊長鎗奮擊、專刺官兵人馬、第三隊短兵接戰、斬取官兵首級、俟操演精熟、攻襲吳興、破城之日、計功陞賞、如有違玩軍法從事、〔衆應作走陣俱下〕〔次第上演三陣介〕〔淨〕妙哉、妙哉、兵強將勇、馬烈鎗長、不意指顧之間、操演得恁般精

熟、俺好喜也、（衆合）

【二犯江兒水】横衝直撞。一隊隊横衝直撞。飛塵淡日光。看陣排蟻子。蠢擁蜂王。爭向這綠林中推雄長。石碣應天罡。繡旗撑杏黄。鼓哨南塘。殘破金湯。只教他嫩咽喉。刀尖搶。（衆）操演已畢、請兩位大王歸寨、頭目每殺牛宰馬、做慶賀筵席者、（淨副淨）就此起馬、（行介）

（合）剉血代漿。少什麽剉血代漿。屠肝充餉。還打點屠肝充餉。腌臢了。錦乾坤。不是莽。

秦樓月卷上終

奇峯突兀聲聲自咽字字可憐

秦樓月卷下

吳門朱素臣編次
湖上李笠翁評閱

第十五齣　貞拒

（旦哭上）

【山坡羊】好名節列女傳的開章之句，惡揖生絕命詞的盡頭之處。好名節不肯作成這場，惡揖生難道到底還不許奴家。自遭胥王二賊賺入岱山，欲將奴與縭烟分頭强佔，始則甜言勸誘，繼則怒目相加，求死不能，求生不可，天那，我陳素素若前生罪孽應葬身

侃侃數語亦復柔婉盡致世有此女能不下拜青樓紅粉故多

此處呂郎這段因緣也不該作合起頭了孽報餘自合愁眉不放舒為甚的無情偏與多情遇早難道烱爍因緣故是天公作戲（小旦上聽介）繡烟繡烟我與你名雖主婢每事情投意合寸步不離誰知今日一同遭此磨難欷歔死和生難撇汝嗳我陳素素又差了生死關頭各人自求自盡那里還保全得他或者他竟肯順從那賊也未可知躊躇抗和從難料渠（小旦突出介）呀姐姐我和你

前腔錦排場多年團聚怎當作賤籐花一朝輕覷（旦

鐵心石腸青泥蓮花一書又增如許佳話矣

不是我輕覷你、只怕你受不起凌逼、（小旦）說那里話、姐姐既不肯失節匪人、我繡烟亦豈肯苟從賊輩、須知道侍粧臺。原則視同腹心。今日箇辦歸程正合陪刀鋸。（旦）這箇不同、我此身既許呂郎、自不肯輕受玷污、你這一身、却有何關係、（小旦）呀姐姐、你此言益發差了、正爲姐姐既許呂郎、此身已有所屬、像了我繡烟、値得甚麽、來我這劣賤軀、鴻毛一死如。（旦）如此說來、你眞箇要與我同難麽、（小旦）姐姐不是這等說、你還是忍苦全貞、與呂相公圖取後會、若二賊再來相逼只拚着我繡烟與他相抵便了姐姐好看我咬釘嚼鐵一樣鬚眉具今後呵再休想弄粉調脂與你形影俱（旦）如此說少不得和我同死一處了阿呀我那繡烟嗄（小旦）阿呀我那姐姐嗄（抱哭介）（合）憂虞一點殘生比鱠餘嗟吁無數啼痕驗翠襦（淨副淨佩刀外小生老旦丑小軍隨上）（衆）大王駕到（合）

金錢花夫人壓寨猶虛猶虛新郎禮數休拘休拘匆匆虎帳覓歡娛甕中鱉易消除花心露要沾濡（各坐介）（副淨）大哥連日操演三軍頗已精熟今日稍閑正

好把這兩箇女子、大家洒落洒落去、［淨］說得有理、兀
那兩箇妮子好好過來坐了、［旦小旦］阿呀强盜嗄、强
盜嗄、［淨］哇哇、孤家還未開口、就是千强盜萬强盜、罵
一箇不住了、嗳、陳素素、你不過烟花女子、今日偏這
等撇清麼、［旦］奴家雖本烟花、此身已有所屬、今日到
此、惟有青萍甘蹈、斷斷白璧難污、［淨］你道此身已有
所屬、敢就是呂儀生了、［旦］便是、［淨］這箇酸子、也值得
掛在心上、你看我軍容壯麗、殺氣紛紜、指日打破吳
興、橫行天下、潑天富貴、難道到不如這酸子麼、［旦］好

胡說奴與呂郎堅心密誓自當從一而終你這廝妄行跋扈背叛朝廷少不得天兵一到不日就寸臠寸割我情愿一死決不從你這強盜（副淨）就是你繡烟這小妮子却也不知時務好好從了我卽日做了並肩一字王你也是箇后妃娘娘了爲甚也隨着主兒一味崛強我每連日苦勸的也彀了今日從便從不從（小旦）不從便怎麼樣（副淨）好歹將你祭刀碎尸萬段（小旦）哇強盜我繡烟名雖賤婢實與姐姐生死相依你這班強盜不過是箇草賊却敢作此妄想我每

悲絕痛絕

幾日以前便已打算在此了既要將我祭刀何不快快下手（旦小旦）忍心害理強盜千刀萬剮強盜（副淨）哇哇這般放肆分付僂儸與我綁下（衆應綁介）（旦哭介）阿呀我那呂郎嗄我陳素素今生不得再見你了（小旦哭介）阿呀我那姐姐嗄我和你陰魂要一塊相守莫教走散了（淨副淨合）阿呀好惱好惱

【泣顔回】一怒奮虬鬚冠髮颼颼倒豎可知俺弄兵以來全不用三杯揖讓無非是一局征誅你這兩箇女子呵臻臻楚楚怯身軀那討鑌鐵鑄但從着咱每銷

凜凜英風千載如見

金帳穩醉春風、崛強呵、青萍劍亂飛紅雨。旦小旦阿呀強盜、你不要錯認了人。

前腔區區威武不能屈、有一部心兵抵禦。淨你這妮子、有多少本領、可抵禦得咱每、旦小旦則我魚腸剸刃恨力綿不似專諸。副淨我兩人圖王定霸、何等威風、難道你這兩箇小妮子、就降伏不下了、旦小旦阿呀強盜、從伊區處早捐生、一刻當呼籲。淨你要速死、偏不容你速死、分付與我放綁、我就把你這妮子硬做起來、衆應放介旦小旦緊抱介阿呀天那、還僥倖。

滇漠泉臺相對有同心伴侶〔副淨〕做兄弟的和僂儸每暫且迴避哥哥先請動手〔俱下〕〔淨〕你這妮子走往那里去我實實放你不過了

千秋歲路非迂好向陽臺上尋一度濃雲快雨〔摟介〕〔旦小旦避介〕千刀萬剮的強盜你每的死期也只在旦晚了還要這等無狀漸逼烏江漸逼烏江看太白旗賊首高懸如許〔淨〕哇好箇潑婦人可惱可惱說不得了我就把你一劍揮爲兩段〔拔劍欲砍小旦將身蔽旦介〕〔小旦〕阿呀姐姐嗄奴賤體應糜碎伊艷質當

世固有見好樣而偷生者寧不愧死

留貯生死分頭去（副淨奔上）大哥還不下手做兄弟的幫你剁上幾刀好把這賤婢做個樣子不怕他主兒不肯順從賤婢看刀（殺小旦介）看餛吾血濺問風流何處（旦上前撲小旦亂跳介）阿呀我那繡烟嗄越恁好羨你錚錚烈性乾坤正氣餘（哭介）萬分可喜留還你好身軀（副淨）有樣子在此了陳素素你真箇不怕死麽（旦）呸殺不盡的強盜我去來自如我去來自如幾曾有見好樣反把殘生覷覷（淨）只管討死吃還是順從了我好（旦）繡烟嗄忍伊家獨行（立起介）我

也來了、鬼門關緊追隨欣欣步趨〈觸石倒介〉副淨扶起介〉大哥頭顱觸破了、〈淨〉阿呀不好了、快些扶進內房去、把紵帛與他裹住、分撥精細僂儸小心看守調治、〈副淨〉曉得、〈合〉笑他心腸歹識見低不受咱擡舉。不道俺殺人眨眼故是兒戲〈副淨扶旦下即上〉〈淨〉嗳兄弟、這都是你性急、只把他恐嚇一番脇他從順便了、怎便一時發狠、眞箇把這了鬟殺死幾乎一命做了兩命、〈副淨〉這原是大哥派與兄弟的、我將他殺了、無非做箇樣子、要他從順大哥、不想反弄將出來、如今殺的是殺了、不殺的、正好留與大哥獨自受用、〔淨〕豈有此理、我和你同心合膽、正要圖取大事、那里有獨自受用的道理、好歹點起僂儸、把吳興府城打破、那時擄下一箇可意佳人、賠還你繡姻、大家一同做親便了、〔副淨〕這箇且慢、現今這女子頭顱傷破、也還不便成親、明日寫下曉帖、各處粘示、遍訪名醫與他調治、要緊、〔淨〕說得有理、只是好惱好惱、

【尾聲】劣煙花抵死沾名譽〔副淨〕只落得閉門羹大家飽飫、〔合〕還防着金谷樓前生生墜綠珠

第十六齣　賺試　【末上】

【海棠春前】欺公罔上何足論、只此心差堪自信。我許秀不揣甲微、盡言匡諫、明知逆耳無益、猶勝袖手旁觀、不想事不從心、相公依舊與素娘兩箇括上、前日又被舟人賺去、這兩日遍行緝訪、音信杳然、我家相公、爲此倉皇失措、寢食不寧、意懶心昏、憂生怨死、目下宣和二年、大比將臨、竟自置之度外、嗳、那里說起、功名大事、却爲了烟花女子、這樣認眞起來、我待再進忠言、反自添悲助恨、只得心生一計、打點面見主人只說有人報信素娘現在京師再略略加上幾句言語哄他連夜登程不致錯過進場機會若得登科衣錦顯祖揚宗我許秀今日這番欺罔之罪也就甘心承認了說得有理此時相公正在書房納悶不免大膽進言去正是路遙知馬力日久見人心下生上

海棠春後極目思無窮搔首天難問小生悔聽許秀之言婚姻躭閣以致素素親身過訪一時見賺於舟人這幾日以來使我如醉如癡半生不死便見些鳥啼花落空教惹起離情更禁他月冷風凄偏自催來

淚雨回想一宵恩愛百歲盟言此際踪影全無怎生不令人腸斷也

〔鍼線箱〕一天愁偏縈着方寸千古恨獨撮在逡巡凝眸盼斷驚鴻信幾忘了白日黃昏嗳老天老天似這等多磨多折三生分早難道添熱添親只是這一夜恩言何忍只博得臨風嘆息對月銷魂目下秋盡來春大比在卽親友輩每多苦勸要我上京嗳密約難忘佳人不再我還有甚的心情博取沒要緊功名兩字

佳人難再得，是茂陵劉郎英雄兒女之言。沒要緊功名，干卿何事？痛哭奇文，眞正情種，這回搔着老僧癢處。

【前腔】我足三冬，僅有相思秘本，冠全場應是痛哭奇文。就使一舉登科，玉堂坐掌，神仙印比河陽縣，已輸却三分。我想素素此去，心念小生，必然尋死覓活，若有差池，不要說功名，我這性命也是多的了。幾番拚死要將伊殉，又恐素素不死，將來還有相見之日，畢竟你一念偷生，尚爲我存。索性得箇實信明明白白，大家一死，非不韻，向牡丹燈影一樣的淺笑深顰。（末上）何必逢青眼，無非見赤心。相公好了，陳素娘有了信息了。（生驚喜介）信息何來？（末）小人奉相公之命，四

紅梨記以鬼花賺試適見寡情此則直以至情

下找尋並無踪影適間遇着了陳家一箇隣舍說起素娘此去原是他家媽媽得了千金財禮賣往京師去了又道他臨行時節呵

【啄木兒】多銜恨漫掩顰爭奈一幅風帆吹送緊（生）這是眞的麼（末）怎麼不眞（生）有這等事你索性問箇明白不知素娘可是欣然去的可還有別的言語（末）那里什麼欣然聞說素娘臨去一味啼哭口中喚着相公哩想像着慘慘聲呼彷彿見的的情眞（生）如此說道老嫗一派都是虛詞了怪道前日舟子原說與他

感動功力百倍　花婆

識熟嗳鵑兒愛鈔直恁無情豈不可恨（末）便是素娘既已去遠相公想他也無益了古人說得好發乎情止乎禮義從今後呵硯臺拂拭殘脂粉書齋收拾閑風韻相公及早放下還算便宜哩可知道好殺也是青樓一輩人（生）咦許秀你又說那里話來

前腔因傳語更愴神京師不在天上少不得有路可通比着入地穿天還十倍穩（末背笑介）好了好了中了我的計了（轉介）相公此去京師足足三千餘里路途辛苦怎麼可以去得（生）只看我好一會骨燥身輕

那怕他動千里柳苦花辛【末】嗄相公此去京師但爲尋訪素娘也還趁便求取功名麼【生】唗那箇要你多講只願我前程扣折功名分下梢穩足風流運也不負了密誓花前口血新【末】呀相公在上小人情知冒犯却又有一言唐突了【生】更有何言【末】相公你三年辛苦志在螢鳴此去神京當以功名爲重使素娘卽有消息相公不過是儒素之家

【三段子】層樓複門少越公誰憐鏡分風帽雨巾嘆蕭郎終爲路人相公一到京師不論素娘有無信音還

善爲說辭使乎使乎妙妙呂生安得不墮計中

該一意進場博取功名到手人情勢利焉知他日婚姻不因此而得況此番又是趂便原不是特爲應試去的只算無聊附入文場近偶然揷上宮花穩還有一節光輝處那登科錄上少不得原聘親塡姓是陳

生　噯許秀你雖如此說還只愁我此去呵

歸朝歡　一片片一片片天涯夢魂知何處侯門堪問一點點一點點郵亭淚痕當不得十斛珍珠相贈也罷說不得了旣有此消息我就連夜束裝一徑趨上京師去果得見我素素死亦甘心那功名之事可否

任意爲之便了、許秀、你在家中、與我用心照管則箇、
（末）這箇小人當得、（生）我旅中愁殺鶯花窘。（末）小人呵、
堂前盼取泥金信。（合）少、什、麽、大、小、登、科、一、齊、奏、吉、辰。
（生）事不宜遲、就與我收拾行裝、明日即便登程去也、
（末）小人理會得、
（末）野戍花深馬去遲。（生）冷猿秋雁不勝悲。
（末）親朋盡怪疎榮祿（生）入骨相思知未知

第十七齣　圍城

小生冠帶丑戎粧老旦外
小軍隨上（小生）

破陣子 雉堞一朝震動。潢池連夜披猖。【丑】求救空濺七日淚。死守難支十載糧。【合】傷心落日黃。【小生】下官吳興太守袁皓是也、【丑】小將城守都司單一陶是也、【小生】將軍在上、我袁皓到任以來、實心爲政、不意胥王二棍、反欲圖報私仇、一向哨聚岱山、招集亡命、今又長驅直入、犯我禁城、城中兵馬既稀、糧草又將不給、倘有疎虞、如何是好、【丑】早知今日、悔不當初、太爺不治這班光棍、就不致這番激變了、【小生】說那里話、事已至此、未經羅雀、先懷殺妾之心、業羨焚牛、當有

四短句，何等擔當

復齊之策、且與將軍同上城樓、一望賊勢、分付四門緊閉、儘力堅守便了、【丑】咦、咦、又來沒正經了、太爺請、【合】

【南普天樂】此封疆吾職掌、此黔黎吾牧養、只一付鐵石心腸、要撑持形勢金湯、【丑】上城一望、那賊勢好利害也、【合】呀、敢么麼無狀、覷我做書生白面腔、須認取一座蕪城、即是舊日睢陽、淨副淨戎粧生末旦小旦小軍隨上【合】

【北朝天子】小檀蘿逞强、老南柯着忙、看全軍赤駮皆精壯。齊齊吶喊。沸濤聲一江。雪兒般掣得刀鎗亮。【淨】分付衆僂儸每與我把城兒團團圍住、併力攻打者、【衆應介】【合】躍桃花馬黃擺梅花陣長勢猖只少座雲梯踏上。【小生】分付軍士每用心防守者、【衆應】【副淨】喫、袁太守、袁太守、還怕你有堅城無堅將東門攻打不開、再到南門去、【下】【小生】呀、賊人如此猖獗官兵救援全無、與其束手待斃將軍何不背城一戰勝負尚未可知、下官雖係書生、亦當親操桴鼓以助軍威以壯尊膽、【丑抖介】這箇那里使得、小將名色武臣却從不

畫出一幅武將行樂圖

悲壯惟奇當與正氣歌並讀

慣上陣厮殺的太爺嗄

普天樂武和文原自無偏向戰和守却也難輕講（小生）依了將軍尊意待要怎麼（丑）論奇計惟有潛奔問秘訣只是皈降（小生）嗳一發講差了（丑）不差終不然把活跳一條性命白白送與賊人不成（內吶喊介）太爺你聽見麼（小生）怎麼不聽見嗳疆場重寄自當生死以之將軍惜命下官却偏不怕死呀做英雄榜樣風雷血裹將便如許頭顱爲山河割贈何妨再與將軍行到南城一望去（下）淨副淨衆又上分付殺上前

始知能容此黨者皆好官僚也

去、衆應合

北朝天子裹森森鐵裳。瞰低低女墻。待把您孤城一蹴無完壤。袁太守、你何不降旗早豎把高義首倡俺這裏也有官也有賞衆百姓聽者、俺每有冤報冤、有侁報侁、你每只把袁太守獻出、還你箇佛眼相看、稍有遲疑、城池一破、寸草不留、你每速自計較者、爲一人惹殃要多人解禳。衆百姓呵、忖量休待到刀延頸上袁太守、爺怪你會治光棍、另選箇好官僚容吾黨分付僂儸每、分兵四門一面攻打、一面曉諭衆百姓知道者、衆應介下小生呀、事勢至此、不可爲矣、聽賊人所言、何苦爲我一人、貽害生靈百萬、衆百姓每、你竟自開門迎賊、綁縛本府投獻便了、本府呵、

南普天樂爲朝廷。心益壯。爲生靈。身甘喪。內哭聲震地介阿呀、好老爺嗄、好老爺嗄老爺一向愛民如子、執法如山、衆百姓感戴天恩、不啻江深海廣、今日老爺爲國輸忠、小的每情愿同心堅守、相依生死、決不敢有負老爺、丑咦、這衆百姓都是癡的、着什麼要緊嗄、小生原來你百姓每、良心具在、都肯爲朝廷出力、

隨着本府守城麼、（內）便是、我那好老爺嗄、（小生）呀、妙嗄、難爲了你萬戶蒼生捨不得我四品黃堂（衆）稟老爺、衆百姓每因老爺一言感動、各各持鎗握刃、爭先上城、擂木礮石、一時並下、賊人多有中傷、已退去一箭之地了、（小生）如此可喜可喜、百姓每旣願死守、孤城可暫保無虞矣、本府就同將軍繞城巡睞、鼓勵衆心、一面飛報省中、請兵救援便了、（丑）太爺說得是、太爺先請、小將奉隨、（合）呀、共天威瞻仰。我常山性更莽。少不得罵賊聲中還有這百姓相幫。

游戲之文亦復臻勝

第十八齣　得信

（丑上）

蜜蜂飛過蜘蛛網、縱不傷身也吃驚、我老陶只爲呂儀生着魔了陳素娘、一時間指點他每做了一塊、不道却被一箇搖船的拐子、撥賺了去、杳無影响、這也不在我心上、但是說起來、却也奇怪、我老陶近日手中乾癟、虧、了、蘇、州、有、幾、位、編、新、戲、的、相、公說道老陶、你近日無聊、我每各人有兩本簇新好戲在此、聞得浙江一路、也學蘇州、甚興新戲、拏去賣些銀子用用、歸來每位送疋綿紬、送觔絲綿便罷、只算扶持你、我快活透了、拏了幾本新戲、連夜趁船、竟到湖州、不道航船未到岸、就催促衆人起身、那曉得湖州府城、竟被賊人圍住、哎喲哎喲、金鼓連天、刀鎗密布、人民逃竄、砲石交加、我老陶正嚇得走頭無路、誰道是無心中、得了一箇信息、只見賊營中遍出榜文、說道有能醫得女子頭面損傷垂命者、謝銀一百兩、我也是偶然間、看見一箇掃馬屎的小傻儸、就問他損傷頭面的、是何等樣人、說道在蘇州騙來一箇女子、叫做陳素素、大王爺要與他云喬女子三貞九烈、抵死不從、

信手白描有太羹元酒之味

威逼不過、竟把頭顱磕破了、呀、我得了此信、戲文賣不成、撥轉身就走、如飛趁船、趕回家裏、我思量呂儀生平昔間待我極好、今日正該去報他箇信息、一則酬謝他恩惠、二則騙些酒水喈喈、也是好的、（行介）

駐雲飛 賊困湖州。烽火連天殺氣稠。攻打無昏晝。水洩全不漏。嗏。小鹿撞心頭。回身一溜。那知到得了陳素娘的實信、賊寨幽囚。陷穽誰超救。急報郎君肯暫遛。（到介）呂相公可在家裏、（內）相公上京去了、（丑）嗳、一口氣趕來、竟不相值、且轉去等他回來再相會罷、正

是眼望旌揵旗、耳聽好消息、下 老旦上

前腔 兩淚交流。掌上明珠何處投。老身錢媽媽、女兒素素、誤被舟人賺去、杳無踪影、只因當日在呂相公家中被賺、如今少不得還到他家尋問消息、急走休迤逗。到彼忙窮究。若是沒處尋訪、只在他身上、要還我素素便了、唦。怎肯便干休。雙眉頻皺。還我嬌柔免得多僝僽。事在關心不自由。丑上 事不關心、關心者亂、遇老旦介 呀、媽媽何來、老旦 好好、淘吃子你來了麽、正遇見得好、我家女兒、好好好里一箇二八佳人、老

身靠他養老、都是你那不良之徒、指點什麼呂相公
來家混擾、又騙到他家裏去、如今一去無踪、你這樣
幇閑、豈不是喪良心、沒廉恥的狗彘、（丑）呀呀、不見了
女兒、也可以好好商量、爲甚就惡語傷人、你這樣老
鴇、也不是好貨、只算做渴臭一流、（老旦）呸、渴臭二字、
我每道中最忌、你好把老娘唐突、麽走來、你篾片生
涯。一味里掇臀捧屁。（丑）你烟花門戶。止不過送舊迎
新。（老旦）你匾、摺、巾倒、轉來。正、好做草紙、袋。（丑）你破、包
頭。探、下、來。也、好做、撩、俏、鬥。（老旦）你、狗、嘴、髭鬚、黃、得像、

惡極毒極

棕櫚刷帚【丑】你骷髏面孔搽得像石灰酒瓶【老旦】你奉陪大老官軋脚跟吹木屑專做盡盤將軍【丑】你設發小夥子贖當頭還宿債賽過無刀强盜【老旦】你不識羞今日爲老荆賤誕明日是小兒畢姻拉小會斂公分排就千般苦肉計【丑】你沒廉恥開口與女兒贖身閉口替丫頭梳攏辦東道吃喜酒粧成百丈陷人坑【老旦】你腰裏淅煞口裏喞咂全不顧千人憎萬人厭的叫化坯【丑】你鴇兒愛鈔女兒愛俏巴不能千人跨萬人騎的歪剌骨【老旦】你手內捏一把破扇子不

知是煙是金【丑】你指上帶兩箇手記兒不知是銅是錫【老旦】你鬬海青弔在膀灣與百家衣一般怎生研食【丑】你彈墨襖露出臂膊與脫毛衫無二難好遮羞【老旦】你褁脚馨香無賽兩條醃熬榻前排【丑】你繡鞋臭氣難聞一對糞船床下歇【老旦】你今日見張吏部明日見李翰林呵得卵脬藤斗大【丑】你今夜接汪客人明夜接胡朝奉掐開毪片蚌殼能【老旦】你清唱十三腔猶如老猫聲直喊【丑】你哼調四塊瓦好似破竹筒亂敲【老旦】你串戲兩三臺只扮得小軍一箇【丑】你

遊山四五次足上了馬桶千遭（老旦）你癩卵脬血漓漓好似錦荔枝模樣（丑）你瘸毬殼寬托托好似破蒲簍前身（老旦）你呼筒烟涎唾一地（丑）你吃杯酒汁水滿臺（老旦）你打十番做勝會攪亂了星湯閣（丑）你做底官行酒令說弗出嘿速乾（老旦）噲陶一鳳你可曉得自巳芳名（丑）不曉得（老旦）你是施粥廠中老白賞（丑）噲錢嫣嫣你可曉得自巳雅綽（老旦）不曉得（丑）你是糞坑缸內屎連頭（老旦）怒介嗄你這畜生

【四邊靜】狂奴出語多嘲詬敢待尋廝鬭（打丑丑奔介）

丑 好打好打、老旦 破口既傷情。動手休嫌驟。又打丑
丑 奔跌介 丑 打殺了人、要償命的、老旦 王章莫宥。拚得自首。又打丑 丑喊介 四隣地方、打殺人阿、老旦 打死賊囚根。賽過勦強寇。丑 打得彀了、學生區區也要動手了、趕向老旦介
前腔 潑娼肆悍眞希覯。怒湧心頭驟。打老旦介 且打老虔婆。有甚立弗勾。又打老旦 老旦跌介 老旦 陶吃子殺人阿、丑 拳頭相湊。脚尖即溜。老旦 衆人救救阿、丑 背怨恁妖魔。痛苦憑消受。丑 老旦混打末奔上將

末打倒介　末喊介　是我是我、我不要亂打、丑　老旦放末起各認介　呀、原來是許大叔、得罪得罪、末叫痛介　你二人爲何如此毒打、連我都打在裏邊、老旦　我好好的一箇女兒、都是這天殺的、做牽頭、牽到你相公家中、被人賺去、豈不毒情麼、丑　我是爲好撮合姻緣、難道是我叫騙子騙去的、捉我亂打、末　總不是打的事、向丑介

博頭錢、你也莫開口。向老旦介　你也莫動手。男共女。從來不鬬毆。老旦　我應該被他打的、末　須寬恕清客

因此得信遂生下文無數波瀾始知以前科諢並非閑筆

友〔丑〕我被他打、幾曾打他、〔末〕須寬恕。婦女流。何須苦苦結冤讎。萬般事。把情留〔丑〕我方纔得了素娘實信、特來報喜、不料被他劈面搶白、不容開口打將起來、故此不曾說得、〔末老旦驚介〕你却那里曉得、〔丑〕我在湖州地面、只見賊營中遍出榜文、說道有能醫得女子頭面損傷垂命者、謝銀一百兩、我後來打聽得道是在蘇州地面搶來的、叫做陳素素、不是你家女兒、是那箇、〔末老旦急問介〕却如何損傷了頭顱、〔丑〕說起來也奇怪、你道這一箇小小女子、可能與強盜兩箇強得過的、不道是他不肯從賊、情愿就死、可不奇怪、（末老旦驚介）這話可真麼、（丑）千真萬真、（末）好了、有了實信了、謝天謝天、（老旦）何不早說、（丑）打昏了、說不出了、（老旦）如此、作速計較尋回要緊、（末）

（前腔）謝得老天佑、（老旦）此信果真否、（丑）是我在賊巢親自走、知素素苦被囚、忙逃命、急遒投、（合）早圖尋覓肯淹留。重歡喜、漫憂愁、（末）你兩人一番炒鬧、同我到裏面去、煖一壺酒與你笑開、再商量解救之策便了、（末）來就相擾、（老旦）我那女兒嗄、

〔末〕兩人相關本無心、〔老旦〕只爲嬌兒愛養深、

〔丑〕但願應時還得見、〔合〕果然勝似岳陽金、

第十九齣　乞援

〔雜〕院子上

慣畚落葉燒茶竈、每拾飛花泛酒尊、自家劉將軍府中一箇院子便是、俺老爺偶寓虎丘、品題花案、只爲榜上失塡素素名字、反得與呂相公傾蓋定交、前日正待束裝回籍、不料陳家素娘驀地被人賺去、老爺原是始事之人、心上一般着急、連日差人尋訪、以此還未登程、今日寓中無事、怕有客來相訪、只得在此

何候者、〔末上〕目斷重關去路危、崑崙舊事苦難追、世間絕少英雄輩。欲把衷腸訴與誰。我許秀身受主恩、矢心圖報、恐其坐失功名機會、因以一言賺上神京、昨有小㕑傳信、說那陳家素娘陷入賊巢、矢貞不辱、據曉帖所云、殆將以死自誓、嚶青樓中人、却有恁般志節、可見我家相公幾番屬意、畢竟原自不差、只是一件、虎口既難輕入、主人又已遠行、我許秀此時仍若坐視、兀的不是犬馬不如了、左思右想、無計可施、只得前往劉將軍寓中、與他細細商議、這樁事體、原

通篇持論嚴凝用筆蒼勁是北詞作手而化以南人墨氣者也

是他撮合起頭今日須也推辭不得俺不免就向虎丘山下去走一回也呵

【北醉花陰】俺本是棨戟門墻舊犬馬。但居恒覔不出箇報恩一鑄前日箇添謾語闘閑牙滿望伊鬢揷宫花再莫去浪打鴛鴦卦誰想粉坑中種出這玉無瑕。怎教俺緊關心兀自粧聾啞說話之間巳是劉將軍寓中不免徑入（雜上）是那箇（末）有煩通報說呂相公家人求見（雜）少待老爺有請（外上）杜曲梨花杯上雪。灞陵芳草夢中烟。（末見介）劉老爺叩頭小人許秀在

本色曲白絕似元人

此、〔外〕起來你是呂相公差來的、〔末〕並不是相公差來的、俺家相公昨巳上京去了、〔外〕功名心急去得恁速、我這里祖帳未陳、却是有罪了、〔末〕噯、劉爺俺家相公此去呵、

〔喜遷喬〕並不爲功名奮發久巳是盼瀛洲告過消乏

〔外〕如此又因何事北上、〔末〕波也麽查則待趕蘇卿狠把茶船留下〔外〕素娘被賺以來我也在此追訪不迭、在京消息、却自何來、〔末〕說到此此處小人就該萬死了、只爲大比將臨、不忍主人坐失機會、謬言素娘在彼、

賺取入京只一句虛言甘受罰投至得換烏紗添些叱咤俺就試黃荆更覺光華（外）功名事大你還算有功無過只是素娘賺去經旬近日可也訪尋得箇消耗麽（末）若沒有消耗小人也不敢投見劉爺了（外）這等可喜在那里（末）

出隊子最可惜雲孤月寡一旦斗牛垣犯客槎（外）如此說被賺是眞了（末）賺佳人更有狠沙吒（外）却是何等樣人（末）裏黃巾妄稱着尊大（外）是了敢是那岱山一班大盜用計刼去了（末）然也他則待當一位俏夫

盈空天籟

人新把寨兒壓（外）烟花女子有甚志氣此時想必順從巳久還要提起怎麼（末）劉爺沒有此事

【刮地風】您莫把冒昧青樓估認差抱不慣帳底琵琶（外）就不順從只恐玷汙難免（末）怯身軀擡作千金價守宮印尚記丹砂（外）他却如何對付得過（末）吐丁香也學常山罵渾不怕拔舌敲牙（外）如此性命休矣（末）可憐生可憐生幾做血泊蝦蟆（外）以死自誓雖則可敬只是虎穴之中恐終無自全之理（末）便是他與我主人既有婚姻之約就是小人主母一般了敢覷做

况着痛快讀之起舞

妙妙堪爲滿引一大白

不輕然諾方是

路傍柳墻外花婚姻簿已有小小根芽爲此呵急得俺似熱鏊蟻子險焦殺老將軍拜你箇有心人親救搭【外】又來俺退開已久筋力漸邁況又孤掌難鳴如何可以相救【末】呀劉爺你道是

【四門子】賊兵半萬威風大似這等袖手傍觀罷可知伊手段兒雄膽氣兒肴英雄譜久已名簽押況與俺家主人意氣又高情分又佳索把您大神通助俺一下【外背介】陳姬既有下落俺自當一力相救只是機關不可洩漏【轉介】排難解紛雖是俺分內之事只是

英雄

賊勢披猖、難以輕犯、你苦苦向俺求救、可不枉然了、（末）劉爺、不是小人敢來苦苦求救、當日素娘這樁事體、劉爺原是起頭的人、小人不該唐突、有始無終、不爲好漢、

數曲一氣說下如聞怨毒之聲

【水仙子】呀呀呀、您說甚麼、呀呀呀、您說甚麼、敢則待送上高樓把梯子拔、問問問、前日箇冤愆帳開簿葉端是誰家、（外笑介）這也是逢場作戲、那里就認得許多眞、況俺和你主人、不過一面之交、若要從井救人、萬無此理、（末）噯、劉爺、你前日可曾一力擔當來道、

道道道是黃衫是押衙笑笑笑笑卯金刀大口空誇
（外）果有此言、但今日事勢斷斷難以相商、你休得只
管胡纏去罷、（末）嗄、劉爺、你眞箇無計相救、（外）難難難、
（末）嗳、枉枉枉了您漁陽老將一向手兒滑今今今
今日箇未逢賊影先驚詫自自自自悔俺有眼識人
差（外）别人閑事、那里管的許多、快去罷、閉門不管窗
前月、分付梅花自主張、（下）（末）呀、不偢不倸、竟自進去
了、嗳、罷了罷了、好端端主人在家、是我賺了出去、今
日素娘被難、却又救他不得、我許秀之罪、眞箇上通

此等結句恐未許元人夢見

於天了、說便這等說、難道、劉爺、不肯、應承、竟自、罷了、不成、人急計生、也罷、昨日小陶相報、說那賊人現有招帖粘示、正在延醫療治、求人不如求已、我便扮作草澤醫人、賺入賊營中去、好歹求見素娘一面、那時再作計較、事不宜遲、就此改換衣裝、覓下草藥、大膽前去、見機而作便了、

【煞尾】打點着虎豹窩中將命捨。咬牙關道聲不怕。只愿仗我主人福分、早慰好音、上梁山喜殺俺神醫安道全。呀呸。請蒲關羞殺你將軍杜白馬。（下）（外上）許秀

已去、噯、我與呂兄傾蓋情深、那有不奮身往救之理、只是兵機不可不密、（笑介）他不知俺的妙用、竟自憤憤而去了、我不免星夜趕至吳興、打探賊營消息、那時再作計較便了、正是從空伸出拏雲手、提起天羅地網人、

第二十齣　遺環

（末扮草澤醫士負藥箱上）

（窣地錦襠）秦庭求救已無功、敢擲微軀劍戟叢、我許秀為素娘身陷賊巢、救援無計、往見劉將軍、他只一味冷看、擔當絕少、我一時憤激、想着小陶言語、趂賊

人出榜招醫、急急改換衣裝、扮做草澤醫人模樣、連夜來到吳典、揭了榜文、只說醫道精明、可以療治傷損、胥賊十分欣喜、就着管隊嘍囉、引我前來、不覺巳到岱山賊營去此不遠了、（向内介）噲、長官快走一步、

（丑）僂儸呼烟筒上（來了、來了、吃得一筒烟、又落後了許多、不要慌、大營止在前面了、只不知你可有本領、醫得他好麼、（末）有本領、有本領、咀嘗百草本神農。起死回生反掌中。（丑）這等隨我來、（同下）（旦兜頭哭上）好苦嗄、

乾坤有盡情種無窮恐讀之者正將掬淚浣西江耳

十二紅 山坡羊 恨一聲欃槍胡弄，嘆一聲鶯花殘夢，笑一聲如歸視死，哭一聲恩負東君重。我那呂郎嗄！五更轉 我和你情懷共，肺腑粘，心腸總，其間更沒些兒縫。誰料一劈中分，竟不管斷絕了乾坤情種。賊勢披猖，將來決無自全之理。我豈不欲拚此一命，以報呂郎，只是一件，我驀地被賺到此，至今信息未通，若竟自一死，教我那呂郎呵。園林好 弔孤魂向何處殘月曉風，酹杯酒是那搭頹垣廢塚。就是千秋之後，也那箇知道我陳素素小小年華，葬身無地，豎不到斷

開日好

腸碑一統說便這等說到底原是一死阿呀我那呂郎嗄【江兒水】勉强偷生畢竟偷生何用（丑引末上）這里來（末）來了【玉交枝】毛寒骨竦血腥腥染得深林半紅（丑）娘娘有箇草澤醫人在此大王差來與娘娘療治哩（旦）強賊我那要什麼醫人療治（末見旦作丟眼色介）醫人姓呂打從蘇州遠來善能療治一切損傷（旦熟視介）你果能療治損傷（末）療治不難長官那里有千年石灰取些來便好（丑）有有山前大慧寺還是梁朝建造待我去把墻垣打倒這東西就有了只是

往返數里、你在此候着、末自然、還要到大王處領賞
哩、丑向內介守寨的小僂儸每聽着、不要把這先生
放走了、內應介丑我去了就來、下末哄得他轉眼、正
好上前認來、叩頭介素娘可認得小人了、旦起來你
敢是許秀哥、末便是、作左右看上前大哭介阿呀、素
娘、嗄我凝睛未竟心奇痛忍見伊慘淡儀容旦許哥、
你、家、相、公、這、幾、時、身、子、好、麼、末噯、那、里、什、麼、好、五供
養為你浮槎斷送狠悲啼何曾一刻放窒旦如今在
那里、末小人一時不合賺往神京、他淚濺長逝水眉

鎖遠來峯。【旦】功名事大，正該如此，只不知劉將軍可還在寓，你也曾向他求救不曾。【末】嗳，素娘，還說起那劉將軍，怎麼小人聞知素娘消息，一時情急，到他寓中求救，他却冷眼相看，全不以故交為念，枉了我長跪堦前哀哀聲控。【旦】原來如此，嗳，這也不要怪了劉將軍。【好姐姐】自傷烟花單冗，竟不得俠腸感動，罷罷，從兹休矣，再莫想許家虞候逢。【末】呀，素娘，你一片貞心，上天必然感動，或者相見有日，一時切莫短見。【旦】還說什麼相見有日，我一向偷生在此，只為放你主、

哀鴻一聲絲竹皆淚

人不下今日得見許哥一面就是見你主人一般了（玉山頹）可憐還可喜情始以情終（末）素娘可還有甚言語傳寄主人（旦搖手介）更無遺語作嗎嗎（末）難道一句也沒有（旦）嗄也罷許哥煩你寄語相公只說紅顏命薄不能彀奉侍終身教他須自努力功名決莫要苦苦切切的想我還有一件他青年寂寞還要早早娶了箇體心貼意的大娘我死在九泉之下也得放心（哽咽介）（鮑老催）一靈未曚知君衣錦添笑容見君跨鳳慰苦衷（跳躍大哭介）阿呀我那呂郎嗄（悶倒

諷入實事倍覺酸心

介）（末微叫四顧又大喊介）素娘甦醒、（旦微醒介）呂、郎、嗄、

【川撥棹】我拚一慟了殘生此刻中又可奈孽案無窮又可奈孽案無窮尚兀自黃泉徑封天那、萬語千言總說不了、我欲作一紙血書相寄爭奈沒有紙筆、也罷、我手上有金指環一枚、還是兒時所帶歲久陷肉、一、時、褪、除、不、下、不、免、咬、斷、奉、寄、主、人、（作咬指環介）且住、還記得呂郎館中、曉粧纔罷、他見我髮雲繚亂十分愛羨、今日我就剪下一股、與指環一併寄上、留為記念、只是賊衆防閑甚緊、一、時、也、沒、有、刀、剪、罷、罷、

我就逐縷扯下併成一股寄去便了（作扯髮介）阿呀我那頭髮嗄（末）可憐可憐（旦）嘉慶子誰承望結髮恩濃誰承望結髮恩濃今做了斷縷殘絲薄倖儂（併作一股與環付末介）許哥你可將此二事速與我寄上主人從此一言遂成永訣這里龍潭虎窟之中你也萬萬不可再來了（末）小人理會得小人回去連夜搭船上京面見主人備言素娘苦節一定商量箇萬全之策援救出來（旦）僥僥令精誠金石貫思慮鬼神通素娘嗄你須要爲世留將顏色在再莫學短見的鸚哥

輕觸籠【旦】是如此與我多多拜上相公

【尾聲】綠林又是添青塚好將滴酒奠遙空【末】素娘嗄

【旦】許哥嗄【合】則那說不盡的情懷只在聲聲哽咽中

【丑】上先生還在麼好好石灰已取得在此了【末】我有丹藥一種最能止痛生肌將此加入與娘娘敷上便了【作敷藥介】【丑】咦好奇怪大王教你來療治娘娘怎麼兩下里眼睛都哭的紅紅的【末】娘娘疼痛不止失聲啼哭醫人心腸最軟不覺也流下淚來了【丑】他是每日哭慣的誰在你心上丹藥既已敷過我就帶你

此齣原本所無笠翁新增

下山、回覆大王去罷、(末)是、我也正要去討賞、(丑)隨我來、隨我來、(同下)(旦)許秀巳去、且喜信息得通、我且進房暫息、生死一聽賊人區處便了、

(哭相思)隔斷離人路幾重。鵑魂長此哭東風。千秋碧血憑誰驗。應有金錢入礎紅。

第二十一齣 誤覓

(生上)天涯何處覓卿卿。腸斷燕山作客情。最苦別離無歲月。可憐生死不分明。小生爲訪素素。千里赴京。與挽駕于斷橋。遂還珠于合浦。不意風塵匝地。踪跡杳然。

使我不淚長啼、無聲忽歎、昨蒙店主指教、說此處有個西河沿、多是四方名妓居住、我想他姓名旣已入籍、或者此中有個消息、也未可知、因此破早起身、徑行探訪、噯、蒼天、蒼天、若我與素素果然相見有期、但願早得一刻、也就謝你不盡了、

入破杳茫茫愁無際。動不動牽惹三千里。恨不能搶地呼天結證了相思。廻避。奈眼界迷離。問不出桃源古渡起弗迭。遺芳夢室。只落得慘澹蕭郎。眞做了路旁行旅。如今幸得店主指教、敢遲疑。親向歌叢舞隊。

把前日痴訪一齣舊題目重做起萬一前緣不斷果得見我素素一面兩相看渾是喜千句話併成一句我只道近日熬煎伊但說新來憔悴一路問來且喜已到西河沿了謾徘徊是何處墜瑟遺瓊合打辦應聲求氣那邊有人來了問他一聲（下）（副淨上）善能燒冷水久慣綽殘盤自家有名湯保的便是家中有兩個姐兒要些熱湯打桶水兒回去（生上）

破第二步緊心忙奈所問都非所對難道許秀所言竟是虛傳不成盼不到水漲藍橋辜負却區區姓尾

見副淨欲問介副淨這是一位下路相公、看他半晌
走來走去、敢是要訪問那家麼、不免上前打合、見介
相公從那裡來、若是要尋表子陪酒過宿、好的儘有、
生便、是要訪問一個從蘇州新到的、姓陳名喚素素、
原籍維揚、副淨背介我家姐姐、也會蘇州說話、不免
將計就計、哄他上當、轉介相公一問就着、我家姐姐、
正叫素素、揚州人氏、蘇州新到、生如此可喜、在那裡、
副淨轉過粉牆、第五家就是了、相公要見、隨我來、生
說得有理、同行介妙、皇、天、可、憐、又得那人指引、這回、

定然還我素素見面了最喜他青樓本分春風入馬了然容易只算向斟酌橋邊向你從新陪禮（副淨）這裡是了相公請坐（向內介）姐姐快來有客在此（內）來了（丑扮奇醜老妓上）三臺艷舞天魔隊百囀新聲打棗竿（福介）相公那裡來吃茶去（生見驚避介）呀不好了

【袞第三】畫舞山魈畫舞山魈豈佳人名色皆斯輩（丑）相公此來必然見愛快備東道會房要緊要緊（副淨）銀子秤出來與我買辦去（生欲走介）嗳懊恨無端懊

恨無端黑風吹其船舫漂墮羅刹鬼國（副淨扯介）相公怎麼就走就不會房釘也打隻去（丑）我的心肝你却爲甚緣故來了就去枉鴛鴦王枉鴛鴦王總不把雨雲理會（生洒脫奔介）放手放手（急下）（丑）狗才怎麼不緊緊扯住把個上門買賣輕易放走了（副淨）也得你自已貨好兜攬主顧到把我埋怨着（丑）我的貨怎麼不好老實說年紀雖多了幾歲也還擔當得出不敢欺哪纍纍綠陰別有深長滋味（副淨惡心介）這箆箕大的所在好殺也有限（丑怒介）嗄那漢子奚落老

娘也罷、你這狗才、也這般輕薄我、我就咬下你一塊肉來、（咬介）（副淨）噲、你便用力咬這一下、我却全然不知、（丑）難道、（副淨）也、得、你、有、牙、齒、在、上。（丑）呀、啐、打、打、打作趕打下（生上）呀、這是那裡說起、

【歇拍】命值乖違。命值乖違。躬。逢。妖。異。且住、前日傳聞原說得了千金財禮、賣往京師、必然深入侯門、那得浪尋楚館、我呂貫可不差矣、想他**金屋深藏。金屋深藏。玉釵橫。紅燭冷。杳難窺。**（外扮脚夫執扁挑急走上撞生跌介）（生）呀、各人行路、怎麼把我撞上一交、（外）相

公得罪了、小的禮部賈老爺家家人、主人新娶一位夫人、要緊把行李發取進署、一時冒犯、休怪休怪、（生）住了、你家新娶夫人姓什麼、（外）聞說姓秦、（生）也是姓陳是那裡人、（外）想是常州人、（生）也是揚州人、好好神、天、護、祐、找、尋、着、了、你家老爺公署何處、（外）就在順成門內、相公不行見罪、小的自去了、咦、好不小心、幾乎惹出事來、（下）（生）呀、無心相遇、恰好得了、素素真正消息、這回訪問定有下落、只是一件、他官府尊嚴、外人何從得入、也罷、只得認做兄妹、權時一見、再作區處

二語笠翁自謂得意

婢媵奴顏婢媵奴顏只索柔聲下氣還有一說怕相見時兜緊了兩下眞情怎捻住四行急淚迤邐行來不覺順成門巳到前面那家門首粘下紅单一紙看介禮部司務賈公署呀天從人願恰又不勞而獲不免徑自闖將進去

中衰第五些小官銜些小官銜少隄防或者情面相通易有人麼淨冠帶上無非棲冷署也得號春官是那個生賈爺拜揖在下呂貫從蘇州到此貴府新娶夫人就是在下表妹欲求一見望乞方便淨住了我

家夫人從沒有說起有你這個表兄（生）豈有此理一些些不差的中表至戚中表至戚不是冷瓜葛閑花草復何疑（淨）如此住着我進去問個明白（下）（生）妙這回進去說明可不喜壞了我那素素蓮步伶仃蓮步伶仃須叫聲哥哥將息老賈老賈你也索投轄淹留當我入幕嘉賓一例（淨怒上）了不得我家夫人說他姓秦並無姓呂表兄（生背介）原來姓秦這又差了（淨）你這廝假冒認親明明是個走空的光棍家裡人走幾個出來（老旦副淨小生上）老爺怎麼說（淨）與我把這

光棍亂打出去、（眾應打介）（淨）好光棍、好光棍、

【煞尾】一刻亂言一刻亂言藐視春官貴、着實打、打、打他一個臭死、再休想搊大謊綽寡趣討便宜。

（生）住手住手、我呂貫總然錯認、也是一名科舉秀才、你須打我不得、有姓名上春闈、雞肋尊拳如何安得。

（淨）你果然是個秀才、住了手、過來、你每可就隨他回寓細細查訪、果是科舉有名、我就稟過大堂、送你應試、以當請罪、若係假冒、明日送到五城兵馬司去問罪未遲、

（眾）如此去罷、（生急下）（淨）你每就與我查訪去、（眾）曉得、

一結瑩翁自謂不讓古人何如何如

（合）不信伊濟楚衣冠直恁斯文掃地（俱下）（生上）嗳慚愧慚愧一日之間兩番錯認多分姻緣已盡合受折磨如今計窮力竭更從何處訪問嗳素素素素可知小生此來又是徒然了（哭介）

（出破）可惜伊環珮天風竟做了雪爪無留跡我長途往返到也罷了只可奈無心遍勤又將赴試春闈恨天那有甚慢心腸弄的這閑筆墨罷罷事已如此只得回寓納悶去則看咱今日價悶悶的歸少不得明日阿懶懶的起

此齣亦笠翁新增聊取悅于世人之耳目非于原文有所損益也笠翁自記

第二十二齣　全節

小旦仙妝老旦丑侍女執拂隨上

浪淘沙　艷骨委空山。氣吐芳蘭。微生亦自動天顏。太乙鍊形長不死。慚愧仙班。則某生前繡烟便是。罵賊不屈。全貞而死。蒙冥王見憐。表奏上帝。注入仙籍。又得上元夫人收錄。分掌蓉城仙院。適有功曹傳報說。我主母素娘被賊迫脅。將畢命于今夕。已曾稟過夫人。前行救援。一面牒請火部滅賊。報國侍見你可飛往岱山。速行解救。俟其甦醒。請來相見便了。老旦曉

得（小旦）要知天上神仙輩，盡是忠貞節孝人。（俱下）（旦上）

【梁州新郎】淒涼無已，熬煎何限，長夜溟溟不旦。奴家陷身賊窟，隱忍偷生，止爲繫念呂郎，願通一語。前日幸得許秀假扮醫生，遥傳消息，分環斷髮，聊誌苦衷，直謂此生事畢，何嘗奢望生還。罷罷，趁此更深夜靜，僂儸每俱已睡熟，不免把羅帶解下，自縊而死罷。好苦嗄。自恨累君清白，負爾高深，一死今猶晚。羅帶羅帶，你一向隨身貼肉，旦夕不離，不道今日就做了我送終之具、賴伊裁奪也免留難做一個抱璞而歸體不殘（內三鼓介）漏下三鼓、又交半夜了、呸主見既決、還要延捱怎的、阿呀我那呂郞嗄、三千里空凝盼且去望鄉臺上睜睜眼倘念妾還望賜哀輓（作縊死介）

老旦執拂急上（上解帶拂介）素娘醒來、醒來、醒來呀看他

前腔紅銷兩頰青眯雙眼（旦漸醒介）我那呂郞嗄、（老旦）又得陽春復返（旦）姐姐是什麼人、深夜到此（老旦）奉蓉城仙子之命、邀請素娘前去、放歌子夜恣遊海上三山（旦）賊人迫脅、今夜是我畢命之期、仙子却係

何人、忽掌相召、老旦素娘腸算未終、何得一時短見、怏怏請行、不必多疑、雖則仙凡岐路、可知生死同心索把密語今宵彈、旦雖掌宣召、只是巡邏甚緊、如何出得賊營、老旦這不妨、小婢攜着素娘、御風而行、便了、上窮碧落也沒遮攔、試學嫦娥遊廣寒、旦既掌援救之恩、只得相隨走遭、老旦素娘請、扶行介合京露濕明星爛五雲車喚不及蒼龍挽只合假羽翼逐飛雁、老旦這裡已是、少待通報、下旦呀、你看五城縹緲、兩觀崔巍、是好一個去處也、

散上聲

前腔見蘭橑桂棟媥孄覷瓊壁雲屏璀璨畢竟此中是何仙子驀忽地借慈雲一朶蔭到紅顏內請素娥上殿仙子出來也小旦上老旦副淨隨上小旦遮莫虬龍月小鳷鵲星高天上人閑散主母在那裡繡烟在此旦那個是繡烟小旦則某就是繡烟了莫訝芙蓉雜珮也響珊珊還是你舊侍香奩一小鬟旦認介呀原來果是繡烟阿呀我那繡烟嗄小旦主母嗄旦自你殉節以來呵我只道幽明路從茲間且喜黑罡風吹不得你貞魂散如此看來我也終是一死的好

出塵坌郎霄漢（小旦）主母休如此說、主母苦節、某巳禀過上元夫人、蒙夫人見憐、代爲查勘、呂郎應中新科狀元、與主母尚有三十載夫妻之分、後祿正長、萬勿短見、

（前腔）踏金鰲榜動長安、呼靈鵲橋塡銀漢（主母、但羨仙家、之樂、將來、主母、這一段、美滿姻緣、怕仙家對此轉有思凡（旦）雖如此說、只是我焉敢作此妄想、眼見白鵰籠閉綵燕墳堆、怎想到這沒證據的紅絲綰（小旦）這不消慮得、二賊披猖、上天震怒、某已力請夫人、

牒行火部、只待符使回報、即時便有分曉、呀道猶未了、聽鑾鈴響處、敢便是符使到來也、內鼓鈸淨扮符使上擺勢見介三界直符使者見、掌上元夫人法旨、牒請火部、准于三日以後、嘿助鎮國將軍殺賊成功、保全苦節、朱旗飈飈也遶青山、一將功成談笑間小旦如此有勞了、尊神請回罷淨應躍馬下小旦主母你聽見否、神力助妖氛散、幸得你故家歸去桃花岸旦此乃國家洪福、奴家何幸之有、手加額旦復旦小旦主母俗緣未了、此處尚非歸宿之所、偶有玉液一

杯當爲話別從此三十年後再得相見侍兒進酒一壁廂競奏雲璈之樂爲主母侑觴者（衆應奏樂奉酒介）（合）

【節節高】迢迢夜未闌炷沉檀清虛一部霓裳撥瓊槳泛火棗餐紅蚪餕（旦）可憐容易塵緣絆玉樓十二追陪宴（小旦）銅龍漏盡不便久留分付侍兒好生與我扶送回去（老旦應介）（旦）纔得相逢又將永別人間天上何以爲情（小旦）相見有期無須傷感某奉委蓉城不能暫離恕不親送了仙家無喜亦無悲相迎相送

尋常看〔下〕〔老旦〕素娘請行、〔旦〕又要生受你、〔同行介〕

〔前腔〕瑶臺月魄寒、斗闌珊、玉雞唱出璇霄、旦天衢趲人境還雲頭撥、分明夢入華胥、暫依稀、樂聽鈞天返〔老旦扶旦靠原處介〕素娘保重、侍兒去也、脚尖何事往來忙、偶然白鶴今朝懶〔下〕〔旦醒介〕呀、好奇怪、奴家正待捐生、忽被侍兒救醒、却又似夢非夢、得與蓉城仙子相見、諄諄詳語、未必全虛、嗄、繡烟、繡烟、我知道了、

〔尾聲〕由來正直爲神慣、看官每謾指摘文章荒誕、罷

罷且看三日後有何應驗再作區處也只得大費躊躕打破這生死關

第二十三齣 議勸

（外將巾幘衣掛劍上）

【一江風】髮衝冠從井猶嫌緩按劍還愁短我劉岳爲陳姬被賺無限關心前因許秀報信方知其陷入賊巢守貞不辱雖是佯爲不應心上却按納不住急急前來已到吳興城外連日胥王二賊擁衆攻城十分危急我待親見袁公面商解救却又賊人兵馬團團裹住無從得入我又想縱使得見袁公與我原非舊

識況他白面書生也未必就有殺賊手段欲待輕身搗入賊巢又不知陳姬現在安頓何處倘衆寡不敵反有疎虞豈不被天下英雄笑話嗳我劉岳到今日束手無計可不焦燥殺人也**笑平生殺賊如麻到此心曲亂**也罷且到前面山崗之上探望一回看賊人聲勢若何再作計較〔立椅上望介〕〔笑介〕你看旌旗欠整行伍不齊這烏合之衆成得甚事我劉岳憑着一生本事殺入重圍救了這滿城百姓有何難事只是我原爲陳姬而來好歹探得實信然后下手未遲須

將斗膽拚須將斗膽拚還期趙璧完〈内衆作號哭可憐介〉呀、你看許多人一攢一簇、在那裡叫苦嗄、我曉得了、想因賊鋒利害、都是遭俘被擄之輩、嗳、看此景象、不要說有事關心、就與我毫不相涉、也不免拔刀相助、不覺一腔怒氣胸膛滿〈下〉〈生小生副淨丑老旦小旦扮百姓上〉可憐嗄、

前腔兩眉攢一騎漁陽亂萬戸驚麞竄〈生小生〉列位、你看賊衆圍城、十分緊急、救兵又請不來、怎麼處、〈老旦小旦〉城中糧草已盡、哭聲震天、只怕旦晚間也要

決撒了、（副淨丑）虧得太爺做官好、不然早早攻破了、那個肯忍着餓、替他死守麼、（衆）便是、（合）輦金錢難買民心。爭似我每這些百姓呵、之死心不換。（外上）看腥紅瀉急湍。腥紅瀉急湍。墟烟生敗垣。你每這些人、爲何在此叫苦、（衆驚跪介）阿呀、大王爺饒命嗄、（外）請起、我不是賊人、正要來殺賊的、爲聽你每哭聲悽慘、特來動問、我軟心腸聽不慣哀聲喚。（衆）原來如此、爺嗄、我每都是吳興百姓、只爲胥王二賊、漏網得生、擁衆作亂、要報太爺夙仇、圍困城池、已經兩月、幸得士庶憤激齊心堅守、近日賊首、又將山寨人馬、盡行弔到城下、併力攻打、早間城內百姓、寫得血書、繫在箭上、射出城來、道城中糧草已絕、人馬疲乏、太爺將欲自盡、以救百萬生靈、我每得了這個消息、無計可施、以此啼哭、驚動爺爺、

【前腔】足辛酸。奮臂多忠欵。束手無奇算。（外）如此說、累卵之危、死生呼吸、太爺做官既好、你每百姓、怎忍負他、（衆）我每原不忍負他、就是城中百姓、也肯死守、只差得內外迴絕、沒有糧草接濟、儘教伊籌唱沙量。供

得幾個晨昏爨。（外）這却怎麼處、畢竟助些糧餉、救得
他每纔好、（衆）米糧雖有、怎能彀運進城去、爺你看麼
重圍鐵桶般。重圍鐵桶般。通風一線難。（外）可憐、可憐、
抵多少愁猿聲裡人腸斷。列位你每旣肯爲太爺出
力、我到有一計在此、好歹成敗死生、只在今夜了、（衆）
爺、你有何良策、我等願効死力、（外）你每也不必問計
于我、今夜只把岱山一帶、遠遠望着、但見賊營火起、
那些賊衆、一定反馬歸山、你每衆百姓、就在城外四
下、一齊放火、只說救兵已到、大聲吶喊、以破賊膽。

將軍終始爲呂生用其豪俠當十倍胥表

（前腔）夜漫漫只看我暴虎憑河慣。不敎他釜底遊魂竄。（衆）若得如此，爺就是莫大之功了。（外）列位，我非爲建功而來，自有事關心，豈爲技癢功名。將這閑是閑非管。（衆）如此天色已晚，我們就去依計而行便了。正是將軍不下馬，各自趲前程。（下）（外弔場）雖則如此，謀事在人，成事在天，畢竟不知陳姬與呂生緣分到底若何。（拔劍看介）嗄，你看霜花蝕劍端，霜花蝕劍端，尚有仇家舊血瘢。此番若得成功，劍兒劍兒，不枉你連夜呵淋頭聲嘯當宵半。

第二十四齣 拯芳

丑小旦張燈敲梆上

（山歌）岱山深處聚天罡、草廠三間就做子忠義堂、大王呀、你旣要上子尺檯鬭一副、爲、僐、了、空、湯、只、捉、二、婆、娘、（小旦）自家岱山胥王二位大王帳下、幾名守寨的僂儸便是、我家大王、擁衆圍城兩月未下、近日又將山寨人馬、盡行弔去、併力攻打、以期必勝、耳房中囚禁着美人一名、恐有奸細潛入、留我每弟兄一百名、在此山前山後、每夜輪班巡綽、（丑）噲、哥、西山日落、又早漸漸月上了、大王軍令、不可怠玩、好歹與你鳴

英氣勃勃讀之可以壯人胆氣堅人骨力

鑼擊柝一路巡哨前去小旦說得有理不愁官發官兵丑還怕賊偷賊物下外潛行上

粉孩兒泠泠然仗青萍三尺水問當年意氣今其餘幾。我劉岳爲救陳姬輕身至此聞得衆百姓每說賊衆盡數攻城山寨必自空虛乘其不備可唾手成功悄悄行來前去賊營不遠了則待飲金沒羽射虎歸路蒙茸趟着這月淡風微內敲梆介那邊金柝之聲想有巡軍每到來幸得我劉岳千軍萬馬之中久慣出入若第二個到此可不决撤了雖如此說倉卒之間、如何抵對、咦、任區區大胆包身此際呵也不覺寒粟生體嗄、我有個道理、小旦丑上福馬郎古怪刁鑽忒伶俐但怕磕睡蟲兒也能調戲呀、你、你是什麼人、昏夜來到此處自然奸細了、好大胆、外哇、到問我什麼人、我是大王差來的總巡、大王弔取大隊人馬、攻打城池、山寨空虛、更有美人鎖禁在此、怕你每巡哨不用心、又着我來察訪哩、你這班狗頭、反來盤問、且砍你這顆驢頭下來、拔劍砍介丑小旦叩頭介原來是一位長官、一時唐突、饒命、饒命、

（外）且住、看你兩人不像我大王帳下的人、莫非倒是奸細、假妝來哄我麼、（丑）一向管打馬草、近日升做巡軍、所以長官沒有認得、（外）你果是個巡軍、只說大王前日擄到的一個美人、叫做陳素素、現今寄頓何處、說得不差、是眞正巡軍、不然、明明是個奸細、好歹吃我一劍、（小旦丑）阿呀、不要動手、待我說、是有個陳素素、大王從蘇州賺來、屢次威逼、不肯從順、現今鎖禁後營耳房之內、**呼猿鶴護萎蕤**、長官、大王破了吳興、回到山寨、就要成親、我每與你都有喜酒吃了、**花壓**

號燈在此以爲下放火用與此夜情事恰合

帽簷低。少不得殺牛馬大吹擂。外說得不差、你每去罷、丑小旦如此大膽去了、欲下外從後砍殺下兩名小賊、也要污我寶劍、也罷、尚有守寨嘍囉、竊恐因風驚覺、我不免借了、這盞號燈、敲動梆兒、充做夜巡模樣、就可大膽、進營去了、有理有理、作提燈敲梆一路行介可。怪。今。夜。月。色。不。甚。明。朗。紅芍藥光半吐。霜柝頻催。內鴉鳴介見宿鳥繞樹驚棲。進得後營、不知何處耳房、是鎖禁陳姬的所在、想他此時呵、鸚。鵡。雕。籠。自。深。閉。圖。不。到。春。宵。穩。睡。旦內

將軍方入陳姬已出筆力矯健如讀古刺客傳

可憐嗄、（外）呀、你聽那壁廂隱隱啼哭之聲、敢就是陳姬在內、聽陰房凄凄作鬼啼。（旦內）我、那、呂、郎、嗄、（外）妙嗄、死臨侵兀自不忘夫壻。我就一拳一脚、打將進去便了、（打介）消得俺一奮神威。早已是目無堅壘。陳姬那裡、（旦驚奔上）阿呀、好強盜嗄、

【耍孩兒】我本分蛾眉多戾氣。莫謂偷生在久。已是甘死如飴。罷、我就此伏劒而死、（作扳外劒外扶住一轉介）（外）陳姬休慌、是我劉岳在此、（取燈照旦認介）原來是劉將軍、（背介）符使之言驗矣、（轉介）阿呀、將軍怎得

到此、外陳姬、恕咱探驪珠不早向龍潭内旦感伊家血海般擔干係外不必多說快些走路要緊尋一搭桃源避待我放上一把火、取燈點火介妙嗄、你看一片火光、照耀如同白日、

會河陽火焰山高白雲洞迷秦人一炬辱光輝陳姬、趂此火光、我就扶你下山、旦生受將軍、外扶旦急走介合依稀夜劫紅綃磨勒出奇旦將軍慢走一步、外嗄、顧不得你鞋弓細内淨衆吶喊介旦不好了、前面喊聲大起、定是賊衆殺回、將軍獨自、難以抵敵、况有

妾身拖累、如何是好、（外）陳姬休慌、現放着我劉岳在此、總使百萬賊兵、何足懼哉、**神通儘着我閑遊戲幺麽、但磕着成糜碎**也罷、路傍一帶深林、且送你悄悄閃入、待賊衆從此經過、我奮力殺出便了、隨我來、隨我來、（扶下）（淨副淨戎妝生末小旦丑小軍仝上）不好了、不好了、

縷縷金山焦、額樹燒、眉將軍從天降、恁神奇、（淨）山上一片火光、定有官兵劫寨、急急趕回救應、（內火光衆百姓上大喊介）殺上去、殺上去、（副淨）呀、你看城內城

外四面一齊火起遠遠吶喊之聲正不知多少救兵來了淨這個怎麼處且住副淨大哥爲何不走淨我在這裡想倘或不濟事這個嬌嬌滴滴美人可要帶了同去副淨阿呀你還要想着那事好沒要緊內又齊喊介救兵十萬已到快些殺上前去淨阿呀眞個不好了**白帽眞難帶**早有**多人算計**外殺上介毛賊待那裡走吃我一劍戰介衆扮火神上助戰外先殺副淨又殺淨下顧衆介你每都來送死衆見各跪介俺每情願投順大王爺爺饒命**遍青峰一片出降旗**

齊聲籲千歲，齊聲籲千歲。（外）咗，什麼大王，我是官兵，特來殺賊。也罷，拋下旗鎗，准你投降，待我把二賊首級一齊割將下來，挑在鎗鋒之上。你每點起火把，快快送我進城。（衆應介）（外）陳姬快來。（旦帶跌上）呀呀，嚇死我也。（倒介）（外）陳姬，呀，怎麼這等光景，想是受驚了。（笑介）噯，

越恁好，何足駭異，何足駭異，只算無聊手縛雞。（旦）阿呀，將軍嗄，我柔魂欲絕，捱一步怎生移。（外）這等怎處。嗄，且住，小校每，那個有些力氣，與我馱上肩背，快走

一程、〔衆互推諢介〕〔外〕吐、狗男女看劍〔丑〕就駝、就駝、〔旦〕
如今待往、那裡去〔外〕我預先打算在此了、我一身萍
寄男女禮當別嫌聞知袁太守素與呂兄交好況有
夫人在衙可以相托我今送你入城你可放心前去
小校每快些駝着打起火把到城下去〔衆應介〕〔丑背〕
旦外挑首級隨行介〔合〕亂挑賊首踏步歸往來容易
〔外〕已到城下小校且把陳姬放下躲過一邊〔衆應下〕
〔外〕城頭上站着的可是袁太爺〔小生上老旦副淨小
軍隨上〕〔合〕冷凄凄殘月山頭墜嗚咽咽畫角城頭起

小生你這強盜又來俺便是不怕死的袁皓在此百姓每快把擂木砲石打將下去內應介外住手住手俺不是賊黨俺本山東故將仗老先生洪福已將草寇蕩平歸途又連殺二賊鎗挑首級在此呈驗小生如此勦賊是眞了將軍何來此恩非小軍士每快開城門速速迎請相見

紅繡鞋片時盡掃鯨鯢鯨鯢滿城頓起瘡痍瘡痍副淨開城介老將軍有請俺老爺城樓相候外我也無事進城向上高聲介老先生這位就是呂儀生的寶

眷、快快迎入城中、俺便從此去矣、小生天色未明、將
軍且請少待、下官還有說話、外無事不敢驚擾、請了、
陳姬、你快快進城、可將來歷說向袁公、他日尋覓呂
郎、完你婚姻便了、旦將軍容奴拜謝、拜介外不消勞
動、俺今去也、正是仰天大笑拂衣去、我輩豈是蓬蒿
人、下小生呀、眞好奇怪、如此大功不思受賞、竟自決
然而去、豈非人豪、分付小校、還把城門閉上、那女子
說是呂兄寶眷、速將交送夫人、好生看管、不可褻慢、
衆應仝旦下小生待下官一面出榜安民、一面回衙

此語惟將軍可以當之

問明便了、噯、將軍將軍、眞好異人也、（合）肝膽贈姓名遺辭上賞拂歸衣似神龍杳難窺（俱下 外復上）

（尾聲）功勞簿上名羞記 不是我小覷功名只我退閑已久豈肯復蹈馮婦故轍、素娘既得生全也、儘可完得、區、區、一腔心事了、報知已殊不慚愧 呀天色已明不免就此趲路、只可笑我劉岳輕去輕來、竟似昨夜不、曾、有、這、一、樁、事、體、（笑介）只當我殺賊何曾依然談笑歸

匹馬平生汗漫游 黃金零落大刀頭

恍惚不定心口自語非身歷此境者不能為此言

西風古道無人語　惜取沙場萬髑髏

第二十五齣　病提

生病裝上　净扮店主扶上　郎下

賣相思新劇西樓全本似剛演到于鵑泣試嗳呂貫呂貫無計問天轉而問自自也難解難明憔悴因何至此向以許秀傳報奮迅上京大地茫茫終難訪素素消息寓中納悶一病彌留前日試期又被禮部開報逼勒進場本分曳白而出一時間沒有主意也就胡亂塗上了幾篇出得場來只有那人在念不覺病

妙解恐今之醫家未能夢見

勢日增多承店主美意請來太醫診治那先生可也伶俐三指一點就曉得是七情所傷據他說來此症喚做什麼相思病須得意中人髻髮煎服纔可救療在恒言謂之心病心藥論大意也算以人治人雖如此說吾家素素此時蹤跡尚未可問何況髻髮這一味丹藥眼見永永難覓我這既憊之軀也多分不濟事了阿呀我那素素嘎

【楚江情】柔魂何所之念茲在茲看看孱骨不自支因人說病是相思也那醫人還說這病根不在皮毛不

一語刺入心髓可爲千古定論

居臟肺深入骨髓之中斷非草根樹皮可療便有丹成絳雪美分紫芝爭似他綠雲繚繞一股絲若得這件活寶不要說煎服就是嗅氣聞香也當得解渴金莖賜事巳至此小生也拚得一死此恨綿綿無盡時一息淹淹竟若斯天那論人生只合情中死困倦之極且自憑几少憩則個（末懷髮環上）

【香柳娘】戴星霜不辭戴星霜不辭我許秀得見素娘傳寄髮環二事急附快船上京報與主人知道貢院前看過曉帖訪得相公寓所一路問來此間巳是店

主人有麼、淨上是那個、末我是江南呂相公家家人、淨來得好、你家相公害病在此、正在需人服伺哩、隨我來、這間房子裡邊、就是你相公在內、末請便、淨應下末推門進放行李輕叫介相公、生不應、末呀、看他**陽臺酷嗜**。多應爲壙事辛苦、**天池暫偃扶搖翅**。又近身叫介相公、相公、生作醒介你是那個、末小人是許秀、生呀、許秀你從那裡來、末小人從家裡來、**把遥天信携**。**把遥天信携**。生你從家裡來、作悲介末是、相公病體可覺好些、生搖首介不濟事、我且問你、你從家裡來可曉得些素娘的消息末背介如今是瞞他不得了作取髮環欲拏忽止介不好相公一見傷心這病益發難愈了轉向生介相公素娘消息便畧畧有些止是相公不要痛苦小人方纔敢取出來生急問介你說那取字住口介嗄敢有甚書信在你處末書信是沒有生這等素娘如今現在那裡末相公聽稟

壓寨覰嬌姿生驚介却被賊人賺去他從也不從末

觸堦顯奇志生原來素娘爲我守貞這也難得只是你前日因何妄報賺我來到此地末跪介這却小人

文生于情非情人決不能爲文

有罪了、（生）起來說、（末）豈迂途妄指。豈迂途妄指。忍見伊花嚲柳靡。惧却梯雲伊始。（生）怒介 嗄、有這等事、你這狗才、恁般沒理、功名什麼大事、却故意賺我上京、如今素素有了消息、反不能前往相救、咦、狗才、這是那裡說起、

（前腔）敢家法藐視。敢家法藐視。伶牙俐齒。反把我做家主的。三千里外。空驅使。（末）阿呀、相公、功名不是大事、到是什麼大事、（生）咗、狗才多講、甚功名介意。甚功名介意。你這些時、還不曉得、除却那人兒都爲不急

人多情如呂生自應咳唾成珠科第拾芥也

事。（末）素娘身寄虎穴、卽使相公在家、却也難得會面、如今小人見過、得了消息、與相公見過一般了、（生）不信你竟得見過、（末）是、小人扮了醫人、賺進賊營相見的、（生）你這般大膽、敢是又來掉謊、（末）怎敢又掉謊、現有素娘親手傳寄信物二事在此、（生）在那裡、（末）出髮環（介）在此、（生）急取看（介）原來是金指環一枚青絲髮一縷、阿呀、我那素素嗄、（大哭暈倒介）（末）相公病體、請自保重、（生）素素嗄你將此二物傳寄我、已十分猜着了、料因緣盡此料因緣盡此。將這堅金斷絲做了決。

絕回示觀此二物不覺心如刀割恨不得一口氣兒趕回家去咳又奈病軀狠狽不能奮飛嗄且住醫人說此病惟髻髮可療恰好獲此奇珍豈非天賜妙妙快取雅式鼎鐺清冽泉水文武炭火鄭重煎服末這個容易待小人就煎起來生咦這個可是你腌臢蠢才經得手來你且迴避待我盥手焚香親自煎服聞說金子可以定驚將指環一併煎入在內焚香煎介搧火介手掬作聞介呀纔經煎動就覺香馥馥起來介

痴情可喜

秘方神效醫家當速速抄錄

（前腔）沁奇香入脾沁奇香入脾（開看作喜介）呀奇怪

你看煎上數滾髮兒與環膠結不解豈非精誠所感

（蘸嘗介）妙香甜得緊（傾甌介）磁甌傾試（欲飲介）且住

如此至寶豈敢遽飲待我望空遥拜稱謝而嘗（揖空

介）素素嗄謝你個嫦娥靈藥又許凡夫餌（飲介）妙纔

經飲下不覺神思清爽病骨頓輕好了如今竟可歸

去親身營救了（喜介）豈非天意周全謝天天可憐謝

天天可憐呀今日又是東南風嗳老天你有心周全

了何不反一陣順風兒送我歸帆疾如駛（小生副淨

看得狀元輕美人重方可謂之好色若看得狀

老旦小旦扮報人持官帽袍帶上喜名魁多士。喜名魁多士。一路問來這裡是呂老爺寓所了打進去（末）急上你每什麼人（眾）我每是報捷的（見生介）老爺報人叩頭報報恭喜老爺中了狀元了（生）那個中了狀元（眾）是老爺中了頭名狀元了現有紙條在此寫得明白第一甲第一名呂貫習詩江南人氏。求老爺寫賞票（生）噢狀元又是什麼大事這等大驚小怪我要緊回家去了許秀快些收拾行李（眾）老爺瓊林宴上專等你去坐個首席怎麼說到要回去小的每辛辛

元重美人輕直可謂之俗人

苦苦報着個狀元也是天大的造化賞賜是要加倍的（生）有有待我早早回去救出素娘與他做了親一併打發何如

（前腔）小登科有期小登科有期賞封姑俟少不得我夫人另有花紅賜（衆）講這遠話快去赴宴要緊（生）攢眉介正待束裝偏有這許多兜搭（指末恨介）總是你這狗才不好賺我來京惹出這事竟塲闖悞入竟塲闖悞入（又笑介）也難獨怪着你自不惜珠璣也合三分認不是（衆背介）老爺敢是痴的中了狀元何等快

悞字妙

活、反生煩惱、不要管我。每擁着老爺、竟自前行、且待赴過瓊林宴、然后領賞便了。（衆）說得有理。（推生行介）（合）醉春風、此時醉春風、此時篤速馬蹄、消受這曲江故事。（擁下）（末）原來相公果然中了狀元了、快活、快活。前日原說機會不可錯過、我許秀這番也可將功折罪了。只是他性子執拗、口中說要回去、一定勸他不住、我且一面在此收拾行裝、看相公如何區處便了。呀、呸、如今要稱老爺了、又叫什麼相公、

第二十六齣　閨晤

（小旦夫人丑丫鬟上）

三臺令烹餘尚見童妾慚愧雎陽故轍一笑戮長蛇不信有人間大俠半世篝燈佐樂羊龍章象服有輝光飲泉欲遂見夫志一片親投過浦香妾身吳典太守夫人田氏向因相公矢志救民痌懲奸黨不想渠魁漏網兵弄潢池幸得前夜有一大俠自稱山東故將奮身殺入賊巢二賊一時授首相見之際不通姓名竟自拂衣而去却留下一個女子說是呂儀生的尊眷相公不敢深信着我款住廂房好生看待連日他驚魂未定不便絮煩今日稍暇不免請他出來細

問一番、便知端的、丫鬟傳話廂房、請那位小娘子出
來、丑小娘子有請、旦上
前腔已拚瓶墜絲絕、誰望灰寒再熱、舊事怕提說對
尊前不堪灑血、夫人請上、容賤妾拜見、小旦不消、常
禮罷、旦向上福介小旦請坐了、旦夫人在上、賤妾怎
麼敢坐、小旦那有不坐之理、旦告坐了、傍坐介小旦
小娘子、看你儀容端雅、似非路柳牆花、因何陷入賊
巢、以致芳容傷損、試把出身始末、說與我聽者、旦夫
人聽稟、賤妾陳素素、本籍維揚、僑居茂苑、小生紗帽

平言淡語只如白話此詞家最上白描手

便服蹐上聽介卸下旦

鶯集御林春墮風塵沾帶夙業。小旦原來青樓出身、想已從良過了、旦剛填入鴛鴦譜牒。小旦因何陷入賊巢、旦小字臨風輕漏洩蕩扁舟。直把蛾眉生刼。小旦玉體何能自全、旦虧得我觸石毀容、以死自誓、更得侍婢繡烟呵、殘生幫貼。僥倖我草居無恙梅魂潔。小旦你良人姓甚名誰、旦呂貫字儀生。小旦住了、前日也說呂儀生、你果然就是他的家眷麼、旦這個怎好冐認、妾與呂郎呵、情粘在肺腑。須不是冐冐生生

頓挫有致

把柳條折（小旦）原來如此、這却多多失敬了、（福介）
（前腔）不但是我見猶憐還起敬懍然志節你相公與
我老爺雷陳誼篤、你我就是嫡親姊妹、一般了素娘
請上坐（旦）呀、夫人、這個怎敢、（小旦）休得太謙了、小簿
金蘭姓字揭但閨人也就相關些疼熱（分賓主坐介）
（旦）請問夫人、我家相公、因何得與老爺相好、（小旦）他
二人呵、文携氷雪千秋肝膽長是相論說只是素娘
被陷以來、我家老爺、全然未知、有失救援、實爲負罪、
職守有干涉却教他途人按劍笑伊原不是豪傑（旦）

敘事井井而措詞簡淨與幽閨拜月一折不相上下

夫人、那裡是途人按劍、也是我家相公一位好友、小旦正要請問是何姓名、旦姓劉、名岳、山東人氏、小生又上聽一回點首下旦

前腔少年場百戰功烈向吳山偶爾停轍小旦畢竟如何妙算、得以破巢滅賊、旦趙膽渾身不暫怯取頭顱消得這香丸一匣小旦他却何由得知、因而奮身往救、旦這却虧了家人許秀、乞援聲苦竟得熱腸打動把吳鈎借小旦如此說、那許秀益發是有功之人了、旦不但求救有功、他更捨死探巢穴我留將一息

賴他温語善慰貼【小旦】原來如此、益發可敬了、

【前腔】古今來多少英傑有如此神通迅絕這些還是小事、他談笑解重圍、救了滿城百姓、就是朝廷一位大功臣了、總爲天家輸汗血薦賢書可容緩頰【旦】妾、知、將軍、此、來、非爲功名、起見、若要表奏朝廷、這也不必、【小旦】豈有此理、不但將軍大功、就是許秀呵、却也功難泯滅記當年李善也得冠裳列【旦】這都是老爺居官清正、天相吉人所致、【小旦】還是素娘守貞不辱之報、矢奇節天應憐汝將這百萬生靈總提挈【小生】

上

四犯黃鶯兒聞語正悲咽。又不覺拍心窩。爲叫絕。小旦相公來了、見介相公、小生夫人、適纔素娘所言、下官業已聞知備細、旣與呂兒有婚姻之約、便是尊嫂、了、小旦相公言之有理、小生見旦揖介尊、嫂、拜、揖、旦老爺萬福、小生尊嫂身際艱危、不愧氷清玉潔、實爲千古所難、繡烟死難、劉公義勇、許秀忠、烟倶堪媲美一時、下官不勝起敬、方纔夫人說的好、少不得芳名並達黃金闕。旦這個賤妾怎敢、只求老爺看取呂郎

不言尋覓呂郎、但云道妾近狀、想見美人慧心香口

薄面、將妾送歸母氏、兼爲寄信呂郎、道妾生死、萬狀、(小生)下官正要來報喜、呂兄赴試京都、適纔接得邸報、(旦)急問介、邸報怎麼、(小生)喜得呂兄呵、**杏園首捷木天慧業崢嶸馳報泥金帖**、(旦)不信有這等事、謝天、謝天、(小生)下官怎好戲言、(旦)只是一件、竊恐賤妾婚姻之事、反要因此變更了、(小生小旦)這却爲何、(旦)呂郎少年登第、長安貴戚、少什麼**綵毬拋打絲鞭綰結**、我也**甘讓與呼妻喚妾**、(小生)這也不必疑心、(小旦)呂相公決不是這等樣人、(小生)待、下、官、益、發、報、了、個、喜、

足令陳
姬淚下

信、
前腔仰望莫咨嗟。現有齒錄在此、請、夫人、送、與尊、嫂、
看、（作遞小旦手轉遞旦介）（小生）第一名手自揭。狀元
呂貫、三代以下、就、寫的、是、原聘、陳氏、未、娶、（小旦）可又
來、素娘今日已做了殿元夫人、早則喜也、從今早放
雙眉睫。（旦）多謝老爺夫人、嗳、也難得呂郎一片眞心。
欣喜之餘不覺凄然淚下（小生小旦）這又爲何、（旦）感
伊懇切慚余薄劣不覺痛。餘思痛聲還咽（小生）尊嫂
莫嫌簡褻、耐心權住敝衙、待下官差人到蘇、喚取令

堂來此、殿元若聞尊嫂有信、決當告假南歸、那時同送合巹完婚便了、（小旦顧旦笑介）我還有詼諧小技玲瓏巧舌不許伊順風帆快心一扯（旦）生受老爺夫人、

【尾聲】一輪又滿秦樓月（小生小旦）只情字最難磨滅（合）正好與汧國夫人一例說

（小生）折得東風第一枝　因來相賀語相思

（小旦）燈前漫把蛛絲卜　（旦）天上雙星會幾時

第二十七齣　疑姻

（生冠帶末院子丑旦老

人生只合揚州死是呂生知巳之言

丑小旦小軍淨副淨船頭鳴金掌號吹打行船上

【六犯清音】杏花壓帽桃花結綬爭說錦衣歸晝怎知道二分月色多情惟憶揚州下官名登榜首職授編修爲因牽挂素娘急急告假回籍晝夜兼行且喜故鄉在望一路傳說岱山賊寇巳平營寨盡行焚燬想我素素此時巳分多凶少吉了嗳天那夢斷鴛鴦塚愁深鸚鵡洲黃泉杳碧落悠昆明一刼痛千秋【淨】船頭稟上老爺來此巳是虎丘山前還是就行泊船還是到馬頭上去【生】既到虎丘山前分付暫且泊船【衆】

應介〔生〕許秀你將我名帖一通投到劉將軍寓中倘尚未回籍說我有話上崖相見〔末〕是曉得〔下〕〔生〕若素素僥倖無恙這是下官萬幸倘有不保唉劉公劉公你這般有始無終教下官怎不恨你相思作偏中道休不信你如此鬢眉如許柔〔末〕稟老爺劉爺有事公出名帖帶回〔生〕可曾問過往那裡去了〔末〕小人細細問過說吳典袁老爺題敘了劉爺什麼軍功他不願受職預向吳典力辭去了〔生〕我也正要見袁老爺問他素娘消息如此分付船頭趁此風色大順快與我

呂生心中除却素素别無急事妙絶

張起帆來飛渡太湖竟往吳興便了（末）老爺衣錦榮歸還該先到家中爲是（生）事有緩急待先見袁老爺那時還家未遲（末）這等分付開船（衆應）内點鼓鳴金開船介（合）片帆斜趂五湖漫遊望中幾點青螺瘦（生）此去得見二公定有一番廝鬧哩究根由說甚麽罪功相准畢竟罪還浮（衆）稟上老爺已到吳興了（生）分付泊船（應）泊介（生）執事人等舟中伺候許秀隨我上崖往拜袁老爺則個（各應介）丑小旦唱道行介（生）每回拈着常相憶始信嬋娟解悞人來此已是府衙許

秀快快通報、（末）曉得、（向內介）宅門上有人麼、（副淨上）是那個、（末）新科狀元呂老爺拜、（副淨）少待、（下即上跪）（介）稟上狀元老爺、請進私衙相見、山東劉老爺也在衙內、（生）劉老爺也在衙內、一發請來相見、（進介）（副淨）老爺有請、（小生冠帶外將巾便服上）

菊花新（小生）**曉來七里霧潛收**、（外）**龍甲離披不再修**。（生）原來將軍果然在此、（小生外）殿元久違了、（相見介）（合）**月滿庾家樓**。**經多少別離時候**。（坐介）（外）殿元恭喜賀喜、你十年飽學、一舉蜚鳴、偕大神京、豈少綵樓招

雋思尖語波委雲集詞壇老宿有袖手䁕熱而巳

堦將來跨鳳高門金釵成列恐從前心事此後不必再提了（生）噯將軍枉了你素負英雄之名今日怎麼講出這般沒意思的說話可知下官今日來此呵

漁燈兒須不爲杏園春凝住雙眸端只是揚州夢繫在心頭剛則待高臥文園學倦遊咦我好恨（外）殿元恨那一個（生）我只恨那假意氣沒始終這一輩人恨殺您命英雄全不將心應口誰承望當緩急些兒助力分憂（小生笑介）是這也責備得不差（外）呀好奇怪聽殿元言語分明見讓老夫一般哈哈這又是那里

說起我曉得你
錦漁燈儘賣弄俏烏紗簇新榜首【生】咦烏紗有什麼
俏俗也俗死了人【外】頓侮玩冷青山故舊交游【生】到
這個地位還說什麼交游【外】呀殿元你一發可笑了
笑殺您未斂寒溫直恁火性浮【生】到說我火性指末
介可記得他哀哀求救你冷眼相覷的日子了【外】嗄
原來爲此這也怪我不得幾曾見千軍萬馬之中一
個人可以幹得事的恕荒疎繡花近已蝕吳鈎【生】這
個也罷只是袁老先生你却也有萬分不是在那裡

妙絕妙絕何以置辨

（小生）怎麼下官也有不是（生）我與先生何等交契你却把胥王二賊故意驅至蘇州並不曾幹着別椿事體剛剛只把我一個素素賺到你吳興來了

錦上花枉却你遍茗溪德政謳却緣何縱他山把虎兕留這的是以鄰爲壑欠綢繆却教他認名花十里樓驀忽地折新條一葉舟嗳先生先生下官今日不好說得分明是貽人災害教人偷我也敢不拜洪麻

（外）是這也埋怨得有理（小生）殿元埋怨之詞下官到也甘心承受只是一件聞得陳姬當日原在殿元家

令呂生無可開口真是氣死

中賺去這個却是誰人的不是呢
錦中拍你只合藏嬌閉羞向金屋瓊樓誰着你對春風小名洩漏帶朝雲竟把芳姿持授自索把自家怨尤（指外介）今日偃沒來由把伊輕訴（自指介）甚交關將俺苛求（笑介）就是下官放走兩名光棍打什麼緊並不眉攢何嘗心疚不似殿元呵放走了那佳人是親手（生）如今下官也不管只在你二位身上要還我一個素素便罷（小生）殿元說的不差將軍始事之人當日中秋邂逅原是將軍尋訪得來今日要在身上

索取也不爲過（生）是呀是呀

錦後拍雖則您絕交書及早修早已是撥雨撩雲做牽頭（外）住了陳姬賺到吳興却屬袁老先生貴治今日還該在他身上索取纔有着落（生）一發是得緊是得緊是公家職守是公家職守便做烈山澤紅顏烏有也索把幾根艷骨屬吾收阿呀二位就使素素果有凶信也須指點一個明白那一搭虛空游走好打點賦招魂酹杯酒（小生）嗄殿元只管歪纏總止爲一個佳人起見這不妨不是下官誇口若像素素這樣

軟語商量不定吹縐一池春水

佳人這裡吳興地方料也還尋取得出也罷殿元放心下官就賠還你一個素素便了我則待

罵玉郎帶上小樓極地窮天將麗色搜好歹把原身代舊好修（外）若先生賠還一個素素老夫如今又要從新撮合了追隨馬足按圖求足風流何妨再做牽頭（生）咦咦二位這話兒一發說遠了豈不知下官與素素生死訂盟永無改變若素素果不可得我就終身不娶亦有何妨何須二位費心願荀郎效尤做鰥魚永夜浮游（外）殿元說那裡話莫說殿元金馬貴人

少不得個洞房花燭就朝廷這副官誥也要個人承受的【小生】不瞞殿元說我每也料定殿元回來必有一番責備的言語數日之前已爲殿元聘得一位佳人在此公署之中不便引見且俟榮歸故里那時奉送成婚何如【生】這個决難從命【外】殿元不要差了主意這位佳人若比着素素【小生外合】福分兒更優福分兒更優包替去萬苦千愁現成把花冠生受【生】呀二位如此說大非知己之言下官何苦在此纏攪罷罷待下官別去便了【小生外】爲何這等着急【生】總君

家不是知心，總君家不是知心。我也不惜分顏，不禁迴首。【小生】殿元且請休慌，難道玉趾遠臨，水酒也不要奉敬一盃。【外】洗塵是必要的。【生】罷罷，不消了。【外】【小生】趂。烏程縣下若村薄酒新篘。【生】扁武陵溪若耶渡佳人難又。請了。【別下】【外】呀，可笑儀生兄使着性子，竟自去了。【小生】本待與他說明，就將素娘歸趙，却爲他纔經相見，便責備個不了，也只得藏頭露尾，耍他一耍。雖如此說，也調弄得他彀了。現今素素之母業已接在衙中，俟儀生歸到吳門，那時和將軍前去，將素

集句得此可稱神化

素送還再博一笑便了、【外】老夫自當奉陪、

【尾聲】從今益羨三風守。先生、你獨爲君子是吾羞。【小生】將軍說那裡話、方纔儀生埋怨有始無終、下官正在這裡敬羨將軍哩、似這等善始全終人間何處有。

【外】不知若個解忘憂。【小生】直待清光滿庾樓。

【外】好聽隔簾人笑語。【合】夜深燈火見揚州。

第二十八齣　詰圓

【末上】斷雨離雲慘別魂。月明人靜怨黃昏。東君密意渾難解。偏向花前拭淚痕。我許秀可怪老爺青年甲第翰

苑英聲、自從告假歸來、終日愁眉淚眼、有多少縉紳
人家、願與聯姻、老爺一槩拒絕、却爲了素娘當日、曾
有盟言、情願終身不娶、嗳老爺老爺、雖是一種情痴。
竟不料痴到這個地位。今早袁太爺差人來說、那岱
山勦寇一案、向已疏奏朝廷、我家老爺亦已題敘在
內、目下天使將到、理宜香案迎接、那袁太爺、又替老
爺聘得一位新人、今日也就送親過門、船兒已泊在
皇華亭、不免向老爺說知、則個、老爺有請、生紗帽便
服上

【宴蟠桃】被賺烏紗難招青塚心心牢記盟言【末】稟上老爺聞知今日有恩詔下須更有袁劉二位老爺親自送親過門可耍喚下儐相樂人何候【生】哇胡說甚麽儐相樂人那婚姻大事我既堅心不允他二人如何強得我過快與我拜上二位老爺說那女子斷斷不可送來

【惜奴嬌】我山海情堅痛瓊花絕種再不把揚州路踐【末】老爺雖如此說但是袁劉二位老爺美意不好見却【生】豈有此理我與素娘盟言未冷今日幸叨一第

始終不改初心方爲眞正情種

怎忍頓改初心（末）小人聞得傳說這位新人到也十分賢淑可與素娘不相上下（生）說那裡話莫說素娘才貌天下絕少就使與素娘一般無二呵一任他傾城傾國也難博我生愛生憐今日素娘旣巳見面無期下官就把這功名二字也看得味同嚼蠟了恬然束帶矜莊非吾願爭似舊衣冠嬉游便（末上）新人轎子到門了（內吹打介）（生急介）呀呀這是那裡說起天那忽叫天直恁的生生逼勒故故周旋（老旦上）

叫天妙

前腔纏綿又續情緣（見生福介）老爺恭喜賀喜（生）呀

原來錢媽媽、下官正要差人來訪你、問你令愛被害消息、（老旦笑介）老爺喜事匆匆、怎說那被害二字、可知小女呵、正朱顏未改。丹印猶鮮。（生）這是袁老爺親口說的、（老旦搖首介）只恐怕沒有這樣事、老爺如不信時、待他進來、親自細看、莫說面貌一般、就是名兒也何曾兩樣、呼名遥應、同一副印板新鐫（急出向內介）素素孩兒、快請下轎、（雜鼓樂老旦扶旦艷妝上）（旦）俄延。猶記一枕行雲曾親薦。今日又經過多腼腆、（生急將袖遮面介）媽媽休得取笑、快些領他回去、（旦）呀、

補敘不嫌重複是作者手筆高妙處

相公你怎生就不認奴家也、無一言值不得迴身持抱痛拍輕憐（生）呀、聲音與素素無二、待我上前認來（認介）呀、原來果是娘子、（旦）相公那裡、（生）娘子那裡、（旦）阿呀、我那相公嘎、（生）阿呀、我那娘子嘎、（抱哭介）（合）

【黑麻序】經年淚落紅綿比玉簫故事遂成兩世姻緣凝眸細認悲喜一齊吞咽（生）請問娘子身陷寇巢如何得以不死、（旦）若非劉將軍奮身殺賊、袁太守收留保全、賤妾那有今日來、生全開籠放雀還黃花飼雀處（生）如此袁劉二公、就是你我大恩人了、若非娘子說明下官尚在睡夢之中〔旦〕不但生全大恩袁公又將滅賊奇功申詳撫按連賤妾苦節許秀忠誠也一並列名題請頌刻裡呵錫遙天有淋漓御墨渙汗鸞箋〔生〕如此說下官日寢處于二公恩私之中却全然未知真好懞懂也

〔前腔〕當前飲德無邊下官呵便從來懞懂不似今番如今看來連許秀也是有功之人了他一力苦諫將下官成就功名又捐軀探信使娘子保全節操一向錯怪了他下官萬分不是了酬功上賞剛只有幾聲

後照一絲漏

埋怨（末）稟老爺袁劉二位老爺到了（生）雖係通家且請暫時廻避媽媽同令愛進去少停出來相謝（老旦）應同旦下（生）與我換過吉服快請相見（換吉服介）（末）二位老爺有請（外小生上）聯翩補完離恨天續成艷異編殿元這位新人也頗頗賠得素娘過麼（生）多謝二位費心了（相見介）（生）恕狂言今朝夢覺再不躭眠（各坐介）（外）殿元老夫前日袖手旁觀不曾助得一臂之力今日趁袁老先生當面一發再責備了幾聲去

錦衣香弓劍懸風塵踐盼不到意氣生神通顯真個

反覆播弄極文章變化之妙真乃筆如游龍

是有始無終做的牽頭不善【生】將軍請息怒是呂貫責備的差了【小生】殿元下官前日放走二棍单单只是賺了素娘今日要向下官索取也索性再埋怨了幾聲則我隱之只慣飲貪泉端的以鄰爲壑難蓋前愆【生】先生也請息怒是呂貫埋怨的一發差了【外】這也罷了老夫品題花案道我考較不公前日素娘可也還是老夫訪舉得來難道今日花燭成婚就不認我座師了麼【生】自然認自然認將軍考較公得緊【小生】下官初過吳門道我文人多弱必不能生殺兼操

又自道鬢眉如許必不爲冶艷移情如今還是信得過還是信不過〔生〕這是一時狂妄之言先生也值得放在心上羞死人也羞死人也〔外小生〕同笑介我每前日這番作耍今日又恁般還話儘勾了儘勾了看素娘面上恕過了罷〔生揖介〕多謝二位海涵〔外小生〕笑伊家禮數直恁地恭後倨前〔生〕百喙無容辨汗顏難免〔各拍手大笑介〕〔合〕一齊塡入滑稽列傳〔末〕聖旨下〔生〕快排香案迎接〔老旦扶旦鳳冠霞帔上跪介〕淨上一封丹鳳詔飛下九重天聖旨已到跪聽宣讀奉

天承運皇帝詔曰、王事多艱、文猷武功並懋、民德歸厚、義風苦節兼崇、據撫臣所奏、山寇跳梁、直犯吳興、知府袁皓、素得民心、協力死守、前將軍劉岳、乘夜擣穴、殲厥渠魁、山寨旣已蕩平、脅從姑從輕典、續據袁皓疏稱、呂貫守義不娶、陳氏秉節全貞、繡烟罵賊亡身、許秀捐軀報主、是皆綱常攸係、寵錫宜優、袁皓晉階三秩、賞賚有加、劉岳起用撫國大將軍、呂貫升翰林院侍讀、妻陳氏封爲夫人、許秀授岱山巡檢、繡烟建坊旌表、嗚呼、帝心簡在、遙沾雨露之恩、善行無違、

想見將軍高致

式彰教化之本欽哉無替謝恩、衆謝恩介淨請過聖旨、生香案供着、淨告辭了、生請館驛暫駐尚容趨拜、淨王事在身不便久留請了、別下小生請將軍換過冠帶、外嗳、袁老先生老夫前已力言怎又把賤名題敘在內今日這番作耍比作耍殿元更自利害了那、有白髮如許復自蹈利名韁鎖之理官職二字是斷、斷不敢領的、生小生將軍何故過於推却獨不聞廉頗之言乎、老當益壯、外老夫怎比得廉將軍來、

漿水令消不得斗酒巵肩荷不起金戈玉鞭。小生罷

結出秦樓月詞

罷既將軍執意如此待下官轉懇上臺特疏題明以成高隱便了（外）如此最感（生）許秀你也將冠帶換過（末跪介）這個小人一發不敢了（外）小生衞青亦是人奴這有何妨（生）聖恩隆重你快快不必推辭（末向外小生叩介）多謝二位老爺（轉向生旦叩介）老爺夫人在上容許秀叩頭謝罪然後敢領（換素服角帶紗帽介）如何也得厠衣冠來回顧影由來卑賤（外）老夫還有一句說話殿元與尊嫂夫人三生姻契我等雖有微勞但那眞娘墓上一闋秦樓月却也功勞非小今

乃一部書大關節也

月花燭吉期、正該重賡一首、以紀勝事、待老夫與袁
公、亦當依韻效顰、（生）只恐二位在此、賤荆不便、獻醜、
（小生）通家兄弟何妨、（生）如此取筆硯過來、（外）（小生）殿
元請、（生）二位請、（各寫介）（合）**濡形管拂玉箋不似前題**
多悲怨（小生）詞已寫完、各請自吟、（吟介）（生）情無歇、青
閨夜照團圝月。團圝月。離悰莫問。寸腸千結。（旦）花前
並坐人如雪。愁懷那許鷃哥說。鷃哥說。相思難寫半
枝桐葉。（小生）愁應歇。兩人心事明如月。明如月。燈前
繡帶不須重結。（外）吾儕傾出肝腸雪。莫將往事逢郎

奸排塲好收塲雖是逢塲作戲依然不怒不淫更妙在一線到

底一氣如話不似時劇新本作女扮男妝神頭鬼臉通套也遠則可方拜月近亦不讓西樓几案氍毹並堪心賞此必傳之作

說逢郎說江頭画槳好迎桃葉（生外小生各互贊介）（外）文章聲氣、才情眷屬、今日這番佳話、永堪傳布詞壇、速命樂人奏樂、待老夫爲殿元簪花親送結褵者、（丑上）掌禮人叩老爺頭、（小生）吉日良時、快請成婚、（丑）應請（介）（外）簪花雜鼓樂丑贊禮各拜（介）（合）揚州月揚州月三分盡佔秦樓月秦樓月大地同圓

（尾聲）爲多情開生面何常講學讓臨川少不得與濂洛心書一樣傳

秦樓月卷下終

諸名媛評點

二分明月女子集

文喜堂藏板

總評一

人所不易得者情情之不易得者眞偶閱維揚女子與天水先生倡和諸什如春蠶吐絲悽惻纏綿信乎青樓有人黃閣無人得不令章臺柳薛較書專美于前一時侈爲奇遇千載傳爲佳話余慨焉羨之寄語天水先生宜速置之金屋毋令久困花營負此有情物也女士龔靜照識

總評二

深情宛轉幽意纏綿如讀江淹恨賦使人自然淚下

的是小青一流人物。至其弔眞一闋。久已傳誦人間。則又當與西陵蘇小之句。並垂千古矣。讀竟歎服。女士王端淑書

二分明月集

松陵女史許

竹西女子陳素素稿

清明

惆悵東風又一年竹西柳色換輕烟不知青塚人何在怕聽棠梨哭杜鵑

尋迷樓故址

煬帝行宫處而今野草香空聞放螢火無復睡鴛鴦

畫棟留寒月高臺下夕陽多情在何許千古恨雷塘

玉鉤斜

綠樹蕭條不復存只留野塚在荒村村童莫撲花蝴蝶恐是當年倩女魂

如此感慨恰稱此題

二十四橋

早潮歸去暮潮寒剩有危橋倚靜湍千古遺蹤存碧草五更明月滿紅欄吹簫有夢無人解放棹頻來只自看獨恨堤邊狂柳絮化萍應悔去留難

新意出深情黯然自失

述懷

妾本貧家女少小在蕪城十三學刺繡十五學彈箏亂離不自持非意失吾貞百年一遭玷誰復憐我誠傷哉何所道棄擲鴻毛輕

紅顏薄命令人酸鼻

憶親

終夜難眠淚滿裳五更殘夢到高堂可憐返哺情難極化作寒烏叫曉霜

雨中渡江望金山

去住難自持推篷望江水金山似愁人終日淚濤裏

予館娃宮

娃宮特搆爲傾城艷舞嬌歌百媚生直使水犀兵盡散苧蘿人亦太無情

翻案語未經人道

杜鵑花

春盡見繁枝爛斑多艷色應是血痕乾至今啼不得

虎丘

未到虎丘山浮圖插天表及至登層巒山在寺中抱上多歌舞人亦有兒女草低徊不能去日暮蒼烟繞

劒池

池水深不極池邊芳草亂我欲覓魚腸割得閑愁斷

愁魔不斷慧劒難分
總有魚腸奈何奈何

眞娘墓 調秦樓月

香紅歇青山一閉無年月無年月松枯栢老同心難結天公不管花如雪消磨鶯燕憑誰說憑誰說秋烟秋雨幾堆黃葉

金姬塚

粉冷脂消復幾年行人猶見草芊芊西施也是亡吳

女那得墳留故國阡

鴛鴦壙　調菩薩蠻

虎丘山下高樓側一坏黃土秋苔碧孤塚說鴛鴦堪憐姓字亡　貞魂向何處定有相思樹但得翼長連何辭在九泉

化作鴛鴦
只一身

咏淚

枕畔紅綃濕燈前翠黛低只憐孤影上猶得兩行齊

傷心題如此落想非
有情人不能道隻字

病起

眠盡青春爲哭花今朝初理翠鬟斜捧心當日渾無賴猶向溪邊自浣紗

立秋

窓外梧桐墜綠雲窓中愁思罷蘭熏從今別向幽房住恐有秋聲不可聞

言淺意深○末語有味外味

促織

堦下秋來碧草齊蛩聲徹夜古牆西自傷機杼非吾

事燈下何煩儘意啼

病目

幾日窓前繡帙疎鏡邊淸影罷含嚧病魔只恁欺人甚不問波中比目魚

七夕戲爲織女催妝

見說雙星會歡娯在此宵文鸞初待駕靈鵲已成橋掩扇人疑笑支機路不遥相逢漫相别莫似我無聊

茉莉

中庭夜靜暗香來雪蕋盈盈傍鏡臺最是含苞偏可

愛向儂頭上看花開

玉簪花

綠蒂展瓊英砌下含幽馥想是合歡人偷墜搔頭玉

和天水生見贈韻

臨邛曾愛酒家圖得見相如果甚都豈惜琴心通一笑不知曾聘茂陵無

猛聽鸚鵡喚客聲褰簾一笑巳含情玉郎可奈清狂甚夜合花前問小名

想見當時

附天水見贈詩

碧水朱欄比画圖繁華自古羨江都阿儂家近蕃
釐觀一樹瓊花絕代無
聽盡鸞簫月下聲當年杜牧最多情不知飄泊今
何似慚愧青樓說姓名

再和天水見贈韻

香車何意駕青牛共數横塘一夜秋記取合歡花樹
下兩行紅燭照朱樓
從來多恨淚長流羨煞鴛鴦共一丘今日柔腸先自

斷不知何事惱蘇州

斷腸不在
腸斷時

附天水見贈詩

明河新水渡牽牛白露橫空夜氣秋何許深情挽

郎臂四更山月照紅樓

青山如黛水空流一枕行雲是虎丘此夕江南話

江北十分腸斷爲揚州

經紅鵞館贈天水

秋聲一片竹林間却謝東君爲啓關勝地可知如閬

苑深情仍自戀巫山偏憐楊柳牽離思愛對芙蓉理
曉鬟只恐罡風吹我去那能容易到銀灣

病嗽

珠玉何心洒碧苔病中嬌喘氣長哀簾前鸚鵡偏多
誤錯喚花前小玉來

解事鸚鵡
原非錯喚

再經紅鵞館贈天水

佳境人難住如何得再遊青山羞画黛明月照梳頭
宛似夢中路那禁燈下愁雞鳴牽別袂扶病上蘭舟

令人妒羨

送天水游西湖

離心一片逐扁舟送別寧如往日愁見說西陵有蘇小勸君莫過六橋頭

六代江山千秋人物迥非昔日可不煩多心爾爾也

附天水留別詩

姑蘇城外送行舟無數雲山動客愁最是五更紅燭下起扶殘夢看梳頭

渡香橋新月

映水色偏皎穿林影更隨嫦娥真善妒學我画蛾眉

嫦娥妒耶

美人妒耶

黃蝴蝶

栩栩秋林裏依依近繡牀如何漆園吏身染桂花香

題古繡鏡囊

鏡囊出自何人手陸離彩色非常有盤龍倒鳳在香奩一片清暉玉指拈莫恨光明爲君掩團圞許共佳人見請君休買五色絲天上月明心自知

擬子夜四時歌

春

門外垂楊樹春來日日深啼鶯莫便去中有惜春心

夏

蓮子橫塘渡採蓮人未歸鴛鴦猶未宿月下一雙飛

秋

白露下庭砌蛩聲不可聞東家有少婦經歲壻從軍

冬

冬夜裁白紵爲郎衣禦寒針針有妾意郎應仔細看

鳳仙花呈天水

奴愛鳳仙花郎愛鳳仙子急性似郎心花紅染奴指

葵子爲急性鳳仙亦名耶

通草花呈天水

平生輕薄只堪憐顏色都因染得鮮但使美人能愛惜一枝長在鬢雲邊

讀賜紅夫人集

彤管清音在中宵把卷看似拈花影淡如聽雨聲寒怨有同心在才眞遇主難請看香帙上血淚共無端

龔夫人一生知己非子也耶

別天水歸訪求二親踪跡

相逢曾幾日驪唱使人驚暫剖鴛鴦翼惟因烏鳥情
亂山齊晚照別樹總秋聲只有姑蘇月同過鐵甕城

滸關泣別

執手關前画鷁停布帆西去過中冷兩行離別西風
淚洒向垂楊不敢青綠楊如恨日三眠

抵維揚寄天水

一自胥江理画橈夢中烟樹恨迢迢誰知廿四橋頭

月滅盡清光爲玉簫

病中聞雁　調點絳唇

病不禁秋燈花空向愁人笑一聲相叫塞雁初來到無限凄涼更把凄涼報音書少此情堪老莫與天知道

天若有情天亦老

燈花

燈影寥寥暗空房夜漏長寒花空報喜別意轉堪傷

二十初度寫恨

年年淚跡爲蛾眉畧記生辰在此時苦恨一身難自
主空憐百事總成悲慈烏有夢歸偏遠文鳳無緣意
獨痴只喜陽春好時節梅花心事歲寒知

接天水書感賦

一雁西來送遠音字痕遥共淚痕深爲憐司馬殷勤
意不在當時綠綺琴

附天水見寄詩

隔簾清影動花枝夜靜無聊睡每遲料得画船人
去處一帆明月過江時

清秋銀漢水迢迢猶記逢歡夜渡橋領取二分明月色教人腸斷玉人簫

茱萸灣口亂潮流應傍紅橋夜泊舟十里大堤楊柳色一時都爲美人愁

覓二親踪跡不可得感傷而作

烟水茫茫思不窮白頭何處更飄蓬誰憐失路伶仃女猶在高堂夜夢中

弔落花

一年春去又匆匆堦下香泥盡落紅却放湘簾豈無

意要他燕子罵東風

剪指環寄天水

佩帶金環記有年一朝傳語寄郎前團圝不是艱難事只要郎心金樣堅

情至語不忍多讀

再接天水書感賦

纔見悲秋又怨春蕭郎不惜寄書頻可知明月妝樓上瘦減裙腰爲遠人

故是情深一往

附天水見寄詩

病骨逢春不易支如何青鳥信偏遲却教轉憶金環約蟋蟀燈前夜雨時

天河一水限雙星爲憶章臺柳色青歌罷綵雲人不見春風腸斷竹西亭

月華

半夜廣寒宮光華迥不同天圍五色處人在二分中

自然
巧合

病中自訂詩稿

寒蛩不自覺秋到偶成吟的的彈紅淚蕭蕭寫素襟

誰憐離後意都作夢中音相賞知誰是難爲千古心

傷心之言
堪爲墮淚

端陽前三日接天水書以衣見寄病中不能作

答口占二絕用誌承懷

榴蹙紅巾吐絳脂一函遙寄淚痕滋從今白紵當風

處盡是春蠶繭上絲

蛺蝶金泥香漸消感郎深意夢魂遙殷勤爲指庭前

柳不是當時抱裏腰

附天木見寄詩

白紵裁衣稱體輕，滴殘紅淚寄雲英。欲知別後相思意，萬縷千絲織得成。

銀鴨添香手自薰，殷勤更剪越羅裙。不知冷雨淒風夜，新減腰圍又幾分。

病中苦渴

竹爐松火近來疏，倚檻終朝病莫除。縱有金莖堪愈疾，那能分給女相如。

病後理妝見落髮悲泣而賦

絲鬟如黃葉蕭蕭下素秋生憐鏡裏容光改那得文君賦白頭

讀之悲痛

湘竹扇

出入裳懷袖凊風掌握間看君搖動處都是淚痕斑

病中自題小像

粉嬾脂慵不自存可憐人在莫愁村看來莫訝多憔悴此是亭亭倩女魂

焚詩

愁心歷亂自難删燈下焚將血淚潛只爲相思字難識不教留恨向人間

此恨綿綿無盡期

二分明月集終

附名媛題詠

題二分明月女子集

龐蕙纕 字小畹，一字紉芳，吳江人

詩筒纔到一緘開，明月新篇寄得來。閨閣文人應下拜，更誰能及潁川才。

小小窗開曉妝遲，小婢研朱滴露時。歌吹竹西明月滿，清輝多半在君詩。

題二分明月女子像

錢鳳綸 字雲儀，杭州人

彼美人兮寓跡維揚瓊花一枝兮獨擅芬芳玄蟬翼兮紅霞裳眉斂睇兮目流光望團圓于鸞鏡志皎潔而內藏聰春華之繁艷揷秋蘭于鬢傍怡情永日玉軸縹緗舒懷摛藻珊瑚筆牀詞婉約以多致豈錦瑟之幽傷彼其若遠若近而動罔不臧也此君子之所以眷顧而不能忘也歟

張學典 字古政太原籍蘇州人

玉爲肌骨花爲態洛浦神如在媚容嬌眼不勝春漫說崔徽當日卷中人 新妝鏡裏纖腰嫋弱柳章臺

曉好將金鎖訂三生只恐因風吹去化爲雲

右調虞美人

龔靜照 字鵾紅別字永愁人無錫人

雲出巫峯水分滄海姑射呈姿洛妃含態朱不施丹碧非綠黛鬢影風前眉痕天外裊裊玉釵蕭蕭羅帶笑隱三生眸明一睞花號解愁香名宜愛似皓影兮鮮華望碧雲兮靉靆瑶華燦兮千里霓裳紛兮兩隊問遺響于玉簫或伊人其宛在

天水小姑倩 字嶶懿

丹青一幅麗人圖。描出新妝絕代無。玉貌盈盈臨玉鏡。秦樓明月照姑蘇。

商景嶶 字嗣音 會稽人

輕盈燕子掌中身。對鏡舞還停。見君佳句更相親。筆底動人情。　三春楊柳腰間細。二分明月鬢邊橫。芙蓉初放碧池新。知是画圖人。

右調月中行

徐昭華 字伊璧 會稽人

玉質花姿絕代無。雙蛾翠柳生初。江南才子憐傾

國攜得丹青麗鑑湖妝閣梨花開寶鏡秦樓明月照
流蘇何人更有龍眠筆寫出當年西子圖

商　彩 字雲絲一字雲衣會稽人

玉佩籠金鏤雲鬟壓翠鈿蛾眉若箇鬬芳妍只許鏡
中看　艷句人爭咏柔情我亦憐還疑秀骨更翩躚
未盡画圖傳

右調巫山一段雲

馮　嫺 字又令仁和人

風塵何處遇仙姝行雲却到吳自從羅帶繫明珠蕪

城夜月孤　狂小杜病相如鍾情絕世無卿卿除却

影誰俱相憐只画圖

右調阮郎歸

顧姒 字啓姬 錢塘人

新妝髣髴疑西子弱態應如此除他誰更可同儔却

又多才西子遜風流　披圖欲捲遲回久低喚君知

否如嗔似喜費疑猜若許來時先築避風臺

右調虞美人

朱玉樹 字二珍 錢塘人

螺黛江都舊画鳳樓吳苑新偕盈盈曉起傍妝臺池上影蛾相待　兩點春山愁解多情秋水頻迴菱花不語久徘徊錯認雙鸞簾內

右調西江月

林以寧 字亞清 仁和人

我昔乘舟大江滸廣陵八月濤聲怒徒看隋柳學垂腰未見秦樓按歌舞只今夢憶瓊花春瓊花臺畔多麗人名氏傳聞太丘後吁嗟世亂埋風塵玉頰花顏眉淡嫵清俊詩情誰比數高山流水欽知音伯樂一

顧盟素心生綃一幅留千古明月盈盈正三五

卓燕祥 字雙成 錢塘人

花裏丰標鏡裏人傾城傾國與誰倫鸞簫協處曾諧呂鳳卜和鳴道姓陳松栢西陵憐小小画圖南岳喚眞眞東君着意深持護不使琪花委路塵

綽約新妝自出羣砑紅衫子石榴裙徵歌解識秦樓月開卷頻疑楚峽雲鏡厭孤鸞羞照影花憐並蒂半含熏從今明月團圓好占斷清光二十分

王端淑 字玉映 山陰人

新妝褁纖腰束素黃金鎖黃金鎖珠宫玉闕春風花朶

文心艶質俱停妥飛瓊萼緑無烟火無烟火沉香亭北昭陽方可

芳香襭華裾織翠肌如雪肌如雪春山秋水天然嬌絕

黃金鎖綰同心結青蓮浥露休輕媟休輕媟珊珊環珮奇文清澈

右調秦樓月

邵斯貞 字靜嫺餘杭人

懸想風流質翻疑画未眞簪花臨曉鏡調粉滴羅巾

腸斷秦樓集詩傳渭水濱香名誰比似洛浦結芳鄰

題二分明月樓集宋元人句

吳文柔 字昭質 蘇州人

別館新成足宴遊 丁鶴年 朱欄六曲倚高秋 薩都剌 文章海內無雙士 李之儀 花月淮南第一樓 趙孟頫 覽鏡開簾常得燕 楊億 據牀吹笛不驚鷗 剡部 鬢深釵暖雲侵臉 晁冲之 自是神仙未解愁 劉基

和二分明月女子韻弔眞娘墓

柳人月 字伴月 蘇州人

啼鵑歇落紅吹滿揚州月揚州月丁香一寸雨中愁結　謝娘柳絮飛如雪空梁燕子休頻說休頻說佳人薄命西風殘葉

右調秦樓月

題二分明月女子集

張　蘋 字采仙 蘇州人

春夜沉沉對玉釭歎君才思却無雙新篇何處堪頻讀雪月梅花共一窗

淚閨誰復步香塵閨道丰儀迥絕倫幾度臨風吟好

句令人腸斷竹西人

張　蘩　字采于蘇州人

衡泌蕭然度歲華年來江筆愧無花平生不解香奩咏強索枯腸贈若耶

歌吹揚州明月樓掃眉才子擅風流靈心慧性侔班謝肯惜明珠十斛酬

題秦樓月劇兼以志感

蘇　氏　字蕙卿華亭輟書

聞道竹西歌吹地明月吹簫自古多佳麗却羨章臺

姿絕世良緣得遂神前一作三生誓薄命紅顏誰我似此日因君憶遍當初事斂盡翠蛾羞不起鸞箋偷寫相思字

右調蝶戀花

南南呂　讀素素稿感賦

楚江情　秦樓袒月涼佳人懶妝些兒淚痕春影長銀河波動鸞鴛鴦也便流蘊款夢橫波沁香向誰箇通明袒半飛綠章自諱相思不放絲魂颺箜篌怨粉郎又釵鈿負杜娘空留下這糊塗賬

靈雄老梅

後記

《秦樓月》爲清人朱素臣编次的傳奇，主要講山東萊陽書生吕貫與青樓女子陳素素邂逅相愛，歷經坎坷後，吕貫高中狀元，與素素團聚，有情人終成眷屬的『才子佳人』故事。

吴綺（一六一九~一六九四）字園次，一字豐南，號綺園，又號聽翁，有『紅豆詞人』之稱，江都（今江蘇揚州）人，詞人、劇作家。『紅鵝館』爲吴綺所購别業『藝圃』中的别墅，吴綺因自號『紅鵝生』。吴綺曾創作有『紅鵝館』舊主人愛情故事的曲子。朱素臣在吴綺創作的基礎上，進行藝術加工，撰成了傳奇《秦樓月》。

朱素臣，名㿥，號苼庵，吴縣（今屬蘇州）人。明末清初蘇州作家群的主要成員之一，戲曲家，畢生致力於戲曲創作和研究，著有傳奇二十一種，其中《十五貫》、《秦樓月》等皆爲大眾耳熟能詳。此外，他還和畢魏、葉時章共同編定李玉名作《清忠譜》，和朱良卿合著傳奇《四奇觀》，和盛國琦合著傳奇《定蟾宫》，協助李玉編纂《北詞廣正譜》等。蘇州戲曲家喜取材於當地，所編戲曲顯現出鮮明的地域特征。

此本爲清康熙文喜堂刻本，兩卷，二十八齣。其首吴綺《序》云：『作者不言性而言情，此則玉茗文人奪烟花於南部，金荃才子擅月露與西昆者也。』李漁在批注中云：『通本集句俱極自然，無斧鑿痕。』

顧雲臣，自號『金門畫史』，太倉（今屬江蘇蘇州）人，康熙初以寫真名重於京。鮑承勳（一六二五～一六九五）名守業，旌德（今屬安徽）人，爲清初鐫圖高手。其餘幾幅署名『鮑天錫鐫』，天錫爲承勳之子。可見此本除劇情外，圖畫描摹、鐫刻之精亦是其能吸引眾人題詠之重要原因。

此本鈐有『瞿安眼福』、『長州吴梅字臒庵』、『王立承』、『鳴晦秘寶』、『珠還寶藏曲記』、『鳴晦廬珍藏金石書畫記』、『窮年弄筆衫袖烏』等印。可知經吴梅、王立承遞藏。王孝慈（一八九三～一九三六），名立承，號鳴晦廬主人，河北通縣（今北京通州）人。廣西法政學堂畢業，曾任大總統府秘書、國務院秘書廳僉事等職。古籍收藏側重版畫及通俗小说，爲民國時藏書大家。吴梅（一八八四～一九三九）字瞿安，號霜厓，別署臒庵、逋飛、厓叟等，江蘇長洲（今蘇州）人，長於詩詞曲創作及戲曲理論研究，曾執教於北京大學等。著有《顧曲麈談》、《中國戲曲概論》等，并作有傳奇、雜劇十餘種。

薛文輝

二〇一六年十二月

圖書在版編目（CIP）數據

秦樓月 / (清) 吴綺撰 ; (清) 朱素臣編. -- 北京 : 文物出版社, 2017.12
（奎文萃珍 / 鄧占平主編）
ISBN 978-7-5010-5268-4

Ⅰ. ①秦… Ⅱ. ①吴… ②朱… Ⅲ. ①傳奇劇(戲曲) – 劇本 – 中國 – 清代 Ⅳ. ①I237.2

中國版本圖書館CIP數據核字(2017)第241344號

奎文萃珍
秦樓月　〔清〕吴綺　撰　朱素臣　編

主　　編：鄧占平
策　　劃：尚論聰　楊麗麗
責任編輯：李縉雲　劉永海
責任印製：陳　傑

出版發行：文物出版社
社　　址：北京市東直門内北小街2號樓
郵　　編：100007
網　　址：http://www.wenwu.com
郵　　箱：web@wenwu.com
經　　銷：新書華店
印　　刷：北京中科印刷有限公司
開　　本：710mm × 1000mm　1/16
印　　張：23
版　　次：2017年12月第1版
印　　次：2017年12月第1次印刷
書　　號：ISBN 978-7-5010-5268-4
定　　價：90.00圓